WITHDRAWN

En sus brazos

YVONNE LINDSAY

Editado por HARLEQUIN IBÉRICA, S.A.
Núñez de Balboa, 56
28001 Madrid

I.S.B.N.: 978-84-9000-434-0
Depósito legal: B-23410-2011
Editor responsable: Luis Pugni
Preimpresión y fotomecánica: M.T. Color & Diseño, S.L.
C/ Colquide, 6 portal 2 - 3º H. 28230 Las Rozas (Madrid)
Impresión en Black print CPI (Barcelona)
Fecha impresion para Argentina: 30.1.12
Distribuidor exclusivo para España: LOGISTA
Distribuidor para México: CODIPLYRSA
Distribuidores para Argentina: interior, BERTRAN, S.A.C. Vélez
Sársfield, 1950. Cap. Fed./ Buenos Aires y Gran Buenos Aires,
VACCARO SÁNCHEZ y Cía, S.A.
Distribuidor para Chile: DISTRIBUIDORA ALFA, S.A.

Capítulo Uno

–¡Rina! ¡Estoy aquí!

Sarina Woodville se volvió y una gran sonrisa se dibujó en sus labios. La roja cabellera de su hermana era inconfundible entre la multitud que esperaba en la zona de llegadas. No había tenido ningún problema al pasar por la aduana, lo cual era de agradecer a esas alturas del viaje. Arrastrando la maleta, se abrió paso hasta su hermana, que la esperaba con los brazos abiertos.

–Me alegro mucho de verte –dijo Rina.

–¿Qué tal el viaje? Supongo que mal. Cuánto tiempo, ¿verdad? –dijo Sara, sin esperar una respuesta.

A pesar de la alegría que la embargaba, Rina reparó en la cara de cansancio de su hermana y en sus oscuras ojeras.

–¿Sara, estás bien? ¿Seguro que no te importa que me quede contigo?

Realmente esperaba que su hermana no hubiera cambiado de idea. Sara la había invitado a pasar unos días en su casa de Isla Sagrado nada más enterarse de la abrupta ruptura de su compromiso, y Rina había aprovechado la oportunidad para escapar un tiempo. Sin embargo, tampoco quería ser un estorbo. Sara acababa de comprometerse con un hombre llamado Reynard del Castillo.

A Rina le parecía un nombre un tanto pretencioso, pero, según le había dicho Sara, la familia era prácticamente de la realeza en aquella diminuta isla república del Mediterráneo. Después de una exitosa gira por Francia, Sara había participado en varias exhibiciones ecuestres patrocinadas por los del Castillo y en poco tiempo sus emails se habían llenado de alabanzas para la hermosa isla y también para los hombres que en ella vivían. Un día había mencionado a un tal Reynard del Castillo y a partir de ahí todo había sido muy rápido. El compromiso, no obstante, los había tomado un poco por sorpresa.

El tal Reynard debía de ser un hombre muy particular, pues su hermana Sara no era fácil de cazar.

—Vamos a tomarnos un café y charlamos un poco —dijo Sara, esbozando una débil sonrisa.

—¿No podemos hablar de camino a tu casa? —preguntó Rina, confundida.

En ese momento lo que más deseaba era darse una ducha, tomar algo caliente y dormir diez o doce horas. No volvería a sentirse como una persona hasta la mañana siguiente. El viaje desde Nueva Zelanda a Isla Sagrado, con todas sus escalas y cambios de avión, le había llevado más de treinta y siete horas, y todavía no había terminado.

—Es un poco complicado y no tengo mucho tiempo —dijo Sara—. Lo siento mucho. Te lo explicaré luego. Te lo prometo, pero ahora mismo tengo que volver a Francia.

–¿Qué? –a Rina se le cayó el corazón a los pies.

Sabía que Sara había ido a visitar a unos amigos que vivían en el sur de Francia poco tiempo antes; gente a la que había conocido en una de las exhibiciones. Sin embargo, su regreso a Isla Sagrado estaba previsto para ese mismo día. Lo habían planeado así, para llegar a la isla al mismo tiempo.

–¿Volver a Francia? ¿Pero no acabas de llegar?

Sara asintió con la cabeza, esquivando la mirada de su hermana.

–Sí, pero todavía no estoy preparada para volver aquí. Pensaba que sí lo estaría, pero necesito más tiempo. Toma –sacó un sobre del bolso y se lo dio a Rina–. Te escribí esto por si no nos encontrábamos esta tarde. Mira… Lo siento mucho. Ojalá tuviera algo más de tiempo. Sé que has venido porque necesitabas mi apoyo, pero yo necesito tu ayuda. Te lo he escrito todo en esta carta y te prometo que volveré tan pronto como resuelva un par de asuntos pendientes. Ve a la casa de campo. Ahí dentro tienes la llave. Ponte cómoda, y cuando yo vuelva, tendremos una buena sesión de cotilleo, como en los viejos tiempos. Y nos quitaremos todas las preocupaciones, ¿de acuerdo?

De repente los altavoces vibraron con la última llamada para los pasajeros del vuelo con destino a Perpignan.

–Oh, ése es el mío. Lo siento mucho, hermanita –dijo Sara, llamándola por el apodo cariñoso que solía usar cuando quería convencerla de algo–. Sé que te dije que estaría aquí para ti, pero… –se levantó de la silla y le dio un abrazo–. Te compensaré. Te lo prometo. ¡Te quiero mucho!

Un segundo después ya no estaba allí.

Atónita, Rina la vio alejarse en dirección a la puerta de embarque.

Sara se había ido de verdad; la había abandonado el primer día.

Sin darse cuenta, Rina cerró los puños y arrugó el sobre que tenía en las manos. El ruido del papel la hizo darse cuenta de que allí estaba la respuesta, la única que podía conseguir en ese momento.

Era más pesado de lo que esperaba. Dentro había una carta y una llave; y algo más que lanzaba unos brillantes destellos… Dándole la vuelta al sobre, dejó que todo cayera sobre la mesa. El misterioso objeto aterrizó con un ruido metálico. Conteniendo el aliento, Rina lo tomó de la mesa. Era un enorme diamante engastado en un fino anillo de platino; muy típico de Sara. Sólo ella hubiera podido meter algo tan valioso en un sobre de papel. Rina sintió la vieja exasperación que siempre la invadía ante la inconsciencia de su hermana. Desdobló la carta y, mientras la leía, sus dedos se cerraron alrededor del anillo.

Querida Rina, siento no poder estar ahí contigo. Sé que son momentos difíciles para ti, pero por lo menos estás lejos de él, y puedes tomarte un tiempo para recuperarte. El problema es que creo que he cometido un gran error y necesito algo de tiempo para pensar y tomar una decisión, pues no sé si estoy haciendo lo correcto. Por favor, ¿puedes hacerte pasar por mí durante unos días mientras yo resuelvo unas cuantas cosas? Sólo tienes que ponerte mi anillo de compromiso y mi ropa, ya sabes, como solíamos hacer cuando éramos pequeñas; bueno, cuando tú eras pequeña, pues yo no sé si he dejado de serlo.

Sara continuaba la carta dándole unos cuantos consejos sobre Reynard; cuándo se habían conocido, cuál era su bebida favorita, qué lugares habían visitado… Aunque estuviera exhausta y sorprendida, Rina no pudo evitar sentir una ola de rabia que salía de lo más profundo de su ser. ¿Cómo se atrevía Sara a pedirle algo así? Rina arrugó la carta. Las palabras que acababa de leer se habían grabado con fuego en su mente.

«Creo que he cometido un gran error».

Había oído casi las mismas palabras la última vez, pero no había sido su hermana quien las había dicho, sino su ex, Jacob. A pesar del calor que había en la terminal, Rina sintió un frío inefable y terrible. De repente había vuelto a estar en aquel restaurante; su favorito, sentada enfrente del hombre con el que había planeado pasar el resto de su vida, oyendo cómo le decía que se había enamorado de otra mujer, que llevaba meses posponiendo el momento, y que por miedo había esperado hasta el último momento para decírselo, una semana antes de la boda… Rina sacudió la cabeza y trató de ahuyentar las imágenes que la atormentaban. Después de sufrir las consecuencias del engaño de Jacob, la idea de engañar a alguien se le hacía insoportable.

No estaba dispuesta a hacer algo así, de ninguna manera. Volvió a meterlo todo en el sobre y se lo guardó en el bolso. Se puso en pie, agarró el tirador de la maleta y echó a andar, arrastrándola tras de sí. Tenía que buscar un taxi, ir a la casa de campo, darse una ducha, vestirse y buscar al tal Reynard del Castillo para decirle lo que su hermana no se atrevía a contarle. Nadie se merecía que le mintieran de esa manera. Nadie.

Reynard del Castillo examinó el informe que llevaba seis meses sobre su escritorio. Lo había dejado allí para no olvidar a las oportunistas que solían utilizar a su familia como trampolín hacia el éxito.

Abrió el documento y miró el nombre que estaba señalado en negrita. Estella Martínez. Había trabajado para él, en ese mismo despacho; vivaz, hermosa, inteligente… Casi había sucumbido a la tentación de tener una aventura con ella. Casi… Por suerte, el instinto y el sentido común habían prevalecido. Algo le había dicho que ella no era lo que aparentaba ser y al final no se había equivocado. Estella había intentado hacerle una escena delante de varios empleados. Había intentado hacer ver que él se estaba tomando libertades que no le correspondían. Le había acusado de acoso y había tratado de chantajearle con la amenaza de hacerlo público. Sin embargo, él no era de los que se dejaban amedrentar y al final sus acusaciones y amenazas se habían ido al traste.

Estella Martínez había tenido su patético momento de gloria… en los tribunales. Él había usado todos sus contactos y el peso de su apellido para aplastarla como a una mosca, y lo había conseguido. Al final se había librado de la cárcel por muy poco y no había tenido más remedio que aceptar las condiciones que su ejército de abogados le había impuesto, y también la orden de alejamiento que le impedía acercarse a Isla Sagrado o a cualquier miembro de la familia del Castillo, ya estuvieran en la isla o en cualquier otro lugar del mundo. Metió los papeles en el sobre en el que venían y lo introdujo en la trituradora. Estella Martinez era historia.

Aquella experiencia le había dejado un mal sabor de boca, pero Sara Woodwille lo había compensado con creces. Ella no le exigía nada a cambio; justamente como él lo quería, y su compromiso con ella mantenía a raya a su abuelo, que no lo dejaba tranquilo con lo de la maldición de la institutriz. La vieja leyenda de la maldición se remontaba a unos cuantos siglos atrás, a un tiempo de mitos y supersticiones que nada tenía que ver con la realidad. Sin embargo, su abuelo se había obsesionado con ello recientemente y tanto Rey como sus hermanos estaban haciendo todo lo posible por aplacar los miedos del anciano; para quien sus nietos bien podían ser los últimos de la estirpe. El mes anterior el abuelo había sufrido un ataque al corazón y tanto Reynard como sus hermanos, Alexander y Benedict, querían evitarle todos los disgustos posibles. Querían que su abuelo pasara los últimos años de su vida en paz y estaban dispuestos a hacer todo lo que fuera para asegurarle un poco de tranquilidad.

Alex había mantenido una promesa de matrimonio que había hecho veinticinco años antes, cuando no era más que un niño. Rey sonrió al acordarse de su cuñada, Loren. A su regreso a Isla Sagrado parecía tan frágil y femenina; tan joven… ¿Quién pudiera haber adivinado que aquella delicada apariencia escondía un corazón de hierro? Había luchado muy duro por su matrimonio. Había luchado y había ganado. Y, curiosamente, Alex y ella ya no despreciaban la idea de la maldición y parecían más empeñados que nunca en animarles a sentar la cabeza.

Sentar la cabeza… Eso era algo para lo que Reynard todavía no estaba preparado. Sin embargo, su compromiso con Sara cumplía el objetivo principal: ahuyentar los miedos del abuelo. Y en última instancia, eso era todo lo que a él le preocupaba. Estaba dispuesto a todo con tal de proteger a su familia y las mujeres como Estella Martinez recibirían su merecido tantas veces como fuera preciso.

Al salir del aeropuerto de Isla Sagrado, Sarina levantó el rostro hacia el sol brillante. El contraste entre la cálida caricia de sus rayos y la lluvia fría de Nueva Zelanda era casi increíble. No era de extrañar que Sara hubiera elegido quedarse en aquel oasis mediterráneo. Y si todo hubiera salido como había esperado, en ese momento ella misma habría estado no muy lejos de allí, en una isla griega, celebrando su propia luna de miel. Recordaba el día en que había ido a la agencia de viajes con Jacob. Había ojeado los catálogos una y otra vez, en busca del lugar perfecto para iniciar una nueva vida a su lado.

Sin darse cuenta, Rina se frotó el dedo anular de la mano izquierda; una vieja costumbre que no tardaría en quitarse. En su piel sólo quedaba una hendidura y una marca que pronto se borraría para siempre. Echó la cabeza atrás y cerró los ojos para protegerse del sol. Los ojos se le humedecían, a pesar de las gafas de sol.

¿Pero qué importancia tenía que Jacob hubiera preferido a una chica más espontánea y atrevida? Rina contuvo las lágrimas y apretó los labios. Qué ilusa había sido. Pensaba que había elegido a un compañero de vida sosegado y estable, todo lo contrario que sus padres, pero se había equivocado.

Se habría sentido mejor si él se lo hubiera dicho directamente; si le hubiera dicho que ella no era lo que buscaba en lugar de seguir jugando con ella aún habiéndola dejado de amar.

Rina ahuyentó aquellos pensamientos nocivos y juró que no volvería a derramar otra lágrima por aquel hombre que la había traicionado después de más de cinco años de relación.

Ni una sola lágrima más.

Tragó en seco. ¿Por qué era tan difícil mantener una promesa?

La multitud de viajeros con los que había llegado ya se había dispersado. Las aceras aledañas a la terminal estaban vacías y la parada de taxis también. Media hora más tarde Rina seguía allí, derritiéndose bajo aquel sol inclemente. El calor aumentaba por momentos y su piel clara, la maldición de las pelirrojas, no aguantaba mucho más. Asfixiada, buscó refugio cerca de un lateral del edificio. Ríos de sudor le corrían por la espalda.

Impaciente, volvió a mirar el reloj; un regalo de Sara. En realidad era la única pieza de joyería frívola que poseía, con su esfera llena de brillantitos y la rutilante pulsera. Por fin apareció un taxi verde y blanco. Asiendo el bolso con fuerza, avanzó hasta la acera.

—A Governess's Cottage, por favor —dijo, asomándose por la ventanilla.

De repente Rina presenció algo asombroso, casi increíble.

Al bajar del vehículo para recoger su maleta, el taxista se persignó.

¿Acaso había sido su imaginación?

No lo sabía, pero en cualquier caso estaba demasiado cansada como para pensar en algo que no fuera resolver el lío en el que su hermana la había metido.

El taxi se marchó a toda prisa. Sorprendida, Rina lo vio alejarse a toda velocidad. Sólo Dios sabía por qué tenía tanta prisa por marcharse de allí.

Agarró la maleta y atravesó el hermoso portón de hierro situado en el muro de piedra que rodeaba toda la propiedad.

—Pintoresco —dijo para sí, contemplando la centenaria arquitectura del edificio y avanzando hacia el porche frontal. Los peldaños de piedra estaban desgastados por el paso del tiempo.

El yeso color ocre de las paredes, desgarrado aquí y allí, dejaba ver los viejos ladrillos que se escondían debajo. El techo de tejas naranja ofrecía un curioso contraste digno de la mejor acuarela. A lo lejos se oía un teléfono. El estridente sonido se detuvo unos segundos y entonces comenzó a sonar de nuevo. Rina buscó en el bolso y sacó la llave del sobre que le había dado su hermana. La pieza encajaba perfectamente en el cierre y la puerta se abrió suavemente. El teléfono, curiosamente, dejó de sonar una vez más cuando ella cruzó el umbral. Buscó el dormitorio, dejó allí la maleta y fue a darse una ducha rápida. Lo único que ocupaba su mente en ese momento era decírselo todo al prometido de Sara. Sin duda él no podría tomárselo muy mal. Después de todo apenas se conocían y se habían comprometido en un tiempo récord.

Tras una merecida ducha, Rina agarró lo primero que pudo sacar de la maleta, se vistió a toda prisa y se dirigió hacia la sala de estar, donde debía de haber un teléfono.

Diez minutos más tarde había encontrado exactamente lo que necesitaba. Gracias a la facilidad para los idiomas de los habitantes de Isla Sagrado y a la diligencia de la operadora, obtuvo la información que necesitaba con rapidez. Después hizo otra llamada y pidió un taxi.

Cuando llegó por fin a la ciudad costera de Puerto Seguro, estaba hecha un manojo de nervios. ¿Cómo iba a decirle a un completo desconocido que su prometida se había escapado a Francia? Se alisó el vestido con manos temblorosas y se tocó el moño. Lo había fijado con un par de horquillas de piedras color topacio que había encontrado tiradas en una estantería del cuarto de baño; muy típico de Sara.

Al entrar en el edificio que albergaba las oficinas de Reynard del Castillo, miró el directorio y entró en uno de los ascensores. Cuando el aparato empezó a ascender, el estómago le dio un vuelco. No podía dejar de repasar las palabras que le iba a decir una y otra vez. Al salir del ascensor se encontró con un amplio corredor desierto. Un agradable hilo musical brotaba de los altavoces discretamente situados en el techo. Justo al final del pasillo había una enorme puerta de madera con el escudo de la familia del Castillo grabado sobre la superficie.

Rina dio un paso adelante y deslizó las puntas de los dedos sobre la madera tallada. El escudo se componía de tres partes; una espada, una especie de pergamino y un corazón. Abajo había una breve inscripción.

Honor. Verdad. Amor.

Rina tragó en seco. Si el hombre al que estaba

a punto de ver se regía por el centenario código de honor de su familia, entonces definitivamente estaba haciendo lo correcto. Decirle la verdad era lo único que podía hacer.

Justo en el momento en que iba a llamar a la puerta, ésta se abrió bruscamente y Rina se topó con un hombre, vestido con un elegante traje sastre color gris. Unas enormes manos cálidas la agarraron de los codos con firmeza, ayudándola a mantener el equilibrio. La joven esbozó una sonrisa y, al levantar la vista, se encontró con un rostro absolutamente perfecto.

El corazón se le aceleró de inmediato. Una frente ancha y bronceada, cejas tupidas y oscuras, ojos color miel, pestañas copiosas y largas, una nariz recta y unos labios tan perfectos que parecían dibujados.

–Gracias a Dios que estás aquí –dijo el desconocido, esbozando una sonrisa. Parecía aliviado.

–Señor del Castillo. Su hermano dice que se reunirá con usted en el hospital –dijo la recepcionista desde detrás de su escritorio.

Rina no tardó en comprender las palabras de la mujer. ¿Señor del Castillo? Aquel hombre, que parecía sacado de la portada de una revista, era Reynard del Castillo, el prometido de su hermana.

Capítulo Dos

Antes de que pudiera comprender lo que estaba ocurriendo, Rina sintió como la agarraban de la mano con fuerza y la conducían de vuelta a los ascensores.

—¡Sara! Llevo horas intentando localizarte en el móvil y también en el teléfono de casa porque no sabía si habías vuelto a la isla. No sé por qué no quisiste darme los datos de tu vuelo. Podría haberte recogido en el aeropuerto. ¿Por qué no me llamaste?

—Yo…

Rina no sabía qué decir. Obviamente Sara debía de haber ignorado sus llamadas.

«Piensa, piensa… ¿Qué diría Sara en este momento?», se dijo a sí misma.

—Lo siento. Perdí el teléfono. Ya me conoces.

—Ahora ya no importa. Lo bueno es que ya estás aquí.

—Pero…

De repente a él le cambió el rostro. Sus ojos, felices y brillantes un momento antes, se oscurecieron.

—Tengo malas noticias. Benedict ha tenido un accidente. Alex acaba de llamarme. Todos vamos para el hospital. Qué bien que has venido hasta aquí. Así ahorraremos tiempo.

–¿Benedict?

–El muy idiota –Reynard sacudió la cabeza–. Ya sabes cómo conduce. Parece que la carretera que lleva a las viñas se le atravesó un poco, y ese montón de chatarra aerodinámica que tiene por coche...

–¿Está bien?

–No, no está bien. No sabemos cuánto tiempo estuvo atrapado en el coche, pero a los equipos de emergencia les llevó más de una hora sacarlo del amasijo de hierros. Ahora lo están operando.

La voz de Reynard se quebró en el último momento y Rina le apretó la mano de forma instintiva.

–Seguro que se recuperará –dijo ella, haciendo acopio de toda la calma y confianza que tenía en ese momento.

Por dentro, sin embargo, tenía el estómago agarrotado. ¿Cómo iba a decirle la verdad a Reynard en un momento como ése? Según le había dicho Sara en uno de sus correos, Benedict era el más pequeño de los hermanos; el que se ocupaba de las bodegas del Castillo, una división del millonario negocio familiar.

–Me alegro de que estés aquí –dijo Reynard, apretándola más la mano.

–Y yo también me alegro de estar aquí –dijo ella en un susurro. Por alguna extraña razón, sabía que lo decía de verdad.

En cuanto llegaron al hospital, Reynard se dirigió hacia la planta de cirugía. Nada más salir del ascensor, Rina se fijó en un hombre apuesto que esperaba junto a una mujer. Debía de ser el hermano mayor de Reynard, Alexander. Estaba parado frente a una ventana y abrazaba a la joven que estaba junto a él, como si tratara de consolarla. Tenía el cabello más oscuro que Reynard, pero el parecido familiar era inconfundible. Al acercarse un poco más, Rina se dio cuenta de que era justamente al contrario. Era la joven quien trataba de consolarle a él y no al revés.

En cuanto Alex vio a su hermano pequeño, se apartó de su esposa y fue a su encuentro. El afecto que se tenían los hermanos del Castillo resultaba evidente con sólo verlos abrazarse, en silencio y con emoción verdadera.

−¿Alguna noticia? −preguntó Reynard.

−Nada −dijo Alex con dificultad.

−El médico dijo que podría durar unas cuantas horas −dijo la joven.

De repente se dio cuenta de la presencia de Rina y fue hacia ella.

−Tú debes de ser Sara. Siento mucho que nos hayamos tenido que conocer en estas circunstancias.

¿Conocerse? ¿Acaso la familia de Reynard no conocía a Sara?

−Acaba de volver de Francia, de visitar a unos amigos. No le he dado tiempo ni a respirar −Reynard se volvió hacia Rina y la estrechó entre sus brazos−. Alex, Loren, ésta es mi prometida, Sara Woodville.

–Bienvenida a la familia –dijo Alex, agarrándole la mano y dándole dos besos en las mejillas, al estilo europeo–. Como dijo Loren, siento mucho que nos hayamos tenido que conocer en estas circunstancias, pero me alegro de que estés aquí con mi hermano.

–Gracias –dijo Rina.

Antes de que pudiera decir nada más, un revuelo llamó su atención fuera de la sala de espera. Era una voz masculina que gritaba algo en español. De repente la puerta se abrió y un anciano entró en la estancia, apoyándose en un bastón de madera. Lo acompañaba un hombre de mediana edad, preocupado y avergonzado.

–Fui a verle a la residencia para decírselo en persona. Me robó las llaves del coche y casi me deja allí solo. Traté de impedirle que viniera, pero fue inútil. Me dijo que conduciría el coche hasta aquí si no lo traía yo mismo.

–¿Habéis oído eso? ¡Bah! –exclamó el anciano de pelo blanco–. ¿Creéis que soy demasiado viejo como para ayudar a mis nietos cuando me necesitan?

–No te preocupes, Javier. El abuelo estará bien con nosotros. ¿Podrías conseguirnos un café que se pueda beber, por favor? –se apresuró a decir Reynard, agarrando al abuelo del brazo y aliviando a Javier de su pesada carga por un rato.

–Conozco las preferencias de todos, excepto las suyas, señorita. ¿Cómo quiere el café?

–Fuerte y con leche. Gracias –dijo Rina con una sonrisa.

–No me has presentado a esta señorita, Reynard –dijo el abuelo de repente en tono de reproche, mirando a Rina con curiosidad.

Por un instante Rina se preguntó si podía ver dentro de ella; ver la mentira que escondía en su interior.

–Ésta es Sara Woodville, mi prometida –dijo Reynard.

–Ya era hora de que regresara. Ya empezaba a pensar que era producto de tu imaginación. La institutriz no espera. Ya lo sabes. Hazme caso. Este accidente de Benedict… –gesticuló con una mano–. Esto no ha sido un accidente. Te lo aseguro.

–¡Abuelo, ya basta! –dijo Alex de repente–. Benedict pone en peligro su vida cada vez que se pone al volante de un coche. Tarde o temprano esto podía pasar. No ha tenido nada que ver con…

–Puedes intentar tapar el sol con un dedo, pero no funcionará. Bueno, ¿dónde está mi nieto? Quiero verlo –dijo, golpeando el suelo con la punta del bastón.

De pronto Rina entendió por qué no lo querían en el hospital. El pobre anciano no tenía ni idea de la verdadera gravedad de su nieto.

La joven miró a los dos hermanos del Castillo, sobre todo a Reynard. Su rostro escondía una gran preocupación y sus ojos estaban velados. Era evidente que las heridas de Benedict podían costarle la vida. Sin pensárselo dos veces, Rina dio un paso adelante y agarró del brazo al enojado anciano.

–Señor del Castillo, llevo todo el día viajando y

estoy muy cansada. Necesito sentarme. ¿Por qué no viene a sentarse conmigo en esos cómodos butacones de allí?

–¿Qué pasa? –preguntó el abuelo.

Rina le lanzó una mirada de preocupación a Reynard, pero éste no hizo más que levantar las cejas durante una fracción de segundo.

–Lo siento mucho, señor. Si he dicho algo malo…

–Rey, ¿qué pasa aquí? ¿Por qué tu prometida me llama señor del Castillo?

Una sonrisa disimulada asomó en las comisuras de los labios de Reynard.

–¿Debería haber dicho otra cosa? Lo siento mucho. Mi español no es… –la joven se detuvo, avergonzada.

¿Y si el español de Sara había mejorado mucho después de pasar un tiempo fuera?

–Es culpa mía. Debería haberos presentado debidamente. Sara, éste es mi abuelo, Aston del Castillo –dijo Reynard.

–Tienes que llamarme «abuelo» –dijo el anciano, con un brillo juguetón en la mirada–. Si es que te tomas en serio lo de casarte con mi nieto.

Al ver que Sara se ponía blanca como la leche, Reynard sintió un pequeño ataque de pánico. ¿Y si revelaba algún detalle de su peculiar compromiso? Ninguno de los dos iba muy en serio; ambos lo habían dejado claro desde el principio.

Su actitud era justamente lo que la hacía perfecta para el papel de prometida. Él sólo la necesitaba de cara a la galería, con el fin de aplacar los miedos del abuelo, y ni ella ni él tenían intención de casarse. Después del matrimonio de Loren y Alex, el abuelo insistía cada vez más con aquella absurda historia de la maldición. Era cierto que las cosas habían mejorado mucho para el negocio familiar desde aquel afortunado enlace, y el abuelo no hacía más que ver motivos en pos de su causa. Decía que los tres hermanos debían casarse, que sólo así se rompería la maldición y la prosperidad volvería a la familia. Reynard, sin embargo, seguía teniendo sus dudas sobre la maldición de la institutriz. El abuelo se había obsesionado con aquella historia, e incluso llegaba a afirmar haber visto el fantasma. Según decía, las últimas palabras de aquella mujer, despreciada por su amante, un miembro de la familia del Castillo, habían obrado una maldición que duraba cientos de años; un hechizo maligno que supuestamente era responsable de todas las muertes repentinas en la familia y también de los infortunios financieros de Isla Sagrado.

Ridículo. Todo aquello era ridículo. Pero tanto Reynard como sus hermanos querían a su abuelo por encima de todas las cosas, y estaban dispuestos a hacer cualquier cosa para que sus últimos años en la Tierra fueran los más felices; cualquier cosa, incluso fingir un compromiso de matrimonio inexistente.

De repente Reynard percibió el incómodo silencio que reinaba en la sala de espera. Fue hacia Sara y le dio un beso en la punta de la nariz.

Ella se sonrojó ligeramente.

–Claro que va a casarse conmigo, abuelo. ¿Quién no querría ser una novia del Castillo?

–Bueno –dijo el abuelo y entonces dejó que la supuesta Sara se lo llevara a los butacones.

Poco después ya estaban conversando animadamente y Reynard sintió un gran alivio. Por lo menos eso lo mantendría distraído durante un buen rato.

–Lo ha hecho muy bien –le dijo Alex, mirando al abuelo y a Rina.

–Gracias a Dios –dijo Rey, asintiendo con la cabeza–. ¿Qué ibas a decirle?

–¿La verdad? –dijo Alex, poniéndose pálido.

–No –murmuró Loren–. No puedes. Todavía se está recuperando del infarto. Ni siquiera está lo bastante bien como para haber vuelto a la mansión de la familia. No quiero que tenga una recaída y que haya que ingresarlo de nuevo. Ya sabes cómo le afectaría algo así.

–Tienes razón –dijo Rey–. No queremos que se repita lo ocurrido anoche.

–¿Y entonces qué? ¿Lo tenemos aquí esperando hasta que terminen los cirujanos?

–¿Cirujanos? –Rey sintió un profundo dolor en el pecho, aún más intenso que el que había sentido cuando Alex lo había llamado para darle la noticia. Su hermano estaba en una mesa de operaciones, luchando entre la vida y la muerte.

–¿Han dicho cuánto tiempo estará dentro?

–No –dijo Alex–. Podrían ser varias horas.

–A lo mejor si Sara lo acompaña… –Rey se volvió hacia Rina–. A lo mejor así el abuelo accede a volver a casa. Javier puede llevarlos a los dos y llevar a Sara a su casa después.

–Es buena idea, pero… –dijo Alex, agarrando a su esposa de la cintura–. ¿Estás seguro de que no necesitas que ella se quede?

¿Necesitarla? Rey tardó unos segundos en comprender lo que su hermano quería decirle. En circunstancias normales, si se hubiera tratado de una pareja corriente, él habría querido que su prometida lo acompañara en un momento tan difícil, pero no sabía si ella estaba dispuesta a seguir con el juego en esa situación. Unas de las primeras veces que habían salido juntos ella se había desmayado en la playa a causa de un golpe de calor y casi había salido corriendo al ver la caseta de emergencias.

Sin duda un hospital debía de ser el último lugar del mundo en el que quería estar. Además, la naturaleza de su relación no le permitía esperar nada más de ella. No tenía derecho a reclamar su apoyo moral en un momento como ése. Rápidamente Rey recobró el control de sus extraviados pensamientos.

–A lo mejor más tarde. Está cansada. Acaba de regresar de Perpignan. Ni siquiera le di tiempo a llegar a casa. Se lo diré cuando Javier nos traiga el café.

Después de obrar un pequeño milagro, Javier volvió a la sala de espera con diversos vasos de plástico llenos de buen café.

–Ah, gracias a Dios. Por fin, un buen café –el abuelo suspiró y bebió un sorbo generoso.

–Pensé que por una vez no le haría daño –dijo Javier, dirigiéndose a los hermanos–. El café que le dan en la residencia…

–Muy bien, Javier –dijo Rey, observando a Sara con su café.

Acababa de quitarle la tapa y, según podía ver, era café con leche.

Rey se sorprendió un poco. Sara siempre solía tomar el café solo. Sin embargo, llevaba más de dos semanas sin probar ni un sorbo. Le había dicho que tanta cafeína no era buena para la salud o algo así. La observó un rato mientras se bebía el café. Los músculos de su delicado cuello se movían con cada sorbo bajo su piel clara y aterciopelada.

De repente, Rey sintió un poderoso erotismo que lo hizo perder el control durante un instante fugaz.

Hasta ese momento su relación había sido más bien platónica. Se habían besado unas cuantas veces, pero en ningún momento se había obsesionado con tenerla en su cama. Lo pasaban bien juntos, pero las cosas nunca iban más allá, y así era exactamente como él lo quería. Nada serio, ni tampoco profundo… Muy pronto podría terminar con aquella farsa de compromiso y así los dos seguirían sus respectivos caminos sin nada de qué arrepentirse.

De pronto ella levantó la vista y, al verle mirarla así, sus pupilas se dilataron y la mano que sostenía el vaso de café le empezó a temblar un poco. Rápidamente dejó el vaso sobre la mesa y se humedeció los labios.

Y entonces Rey volvió a la realidad. Estaba en la sala de espera de un hospital y su hermano se debatía entre la vida y la muerte.

–Querida, pareces cansada. A lo mejor deberías volver a casa. Te llamaré cuando… cuando tengamos alguna noticia.

Antes de que ella pudiera contestar, él se volvió hacia el abuelo.

–¿La llevas a casa por mí, abuelo? Te prometo que te tendré informado, pero ahora preferiría que me hicieras el favor de llevar a casa a Sara. Es evidente que está exhausta y necesita descansar –miró a Sara y ella le devolvió la mirada, comprendiéndolo todo.

–¿No le importa? –dijo ella, volviéndose hacia el anciano–. Siempre me siento mejor si alguien me acompaña a casa, y realmente estoy muy cansada –añadió, agarrándole la mano.

El abuelo se puso en pie lentamente, haciendo un gran esfuerzo, pero rechazando la mano que Rey le ofrecía.

–Todavía no soy un inválido –se puso erguido y miró a su nieto Rey a los ojos–. En cuanto sepas algo me llamas.

–Sí, abuelo. Lo prometo.

Rey se volvió hacia Sara y le agarró la mano.

–Vete a casa. Descansa. Te llamaré en cuanto sepa algo.

–Volveré por la mañana –prometió ella, poniéndose de puntillas y dándole un beso en la mejilla.

Sólo fue un mero roce, pero Rey sintió una descarga que lo recorrió de pies a cabeza. Cuando ella se marchó en compañía de Javier y el abuelo, se llevó la mano al lugar exacto donde ella lo había besado.

–Ya veo que estás loco por ella, hermano. Si no lo hubiera visto con mis propios ojos, no me lo habría creído. Cuando anunciaste lo del compromiso no parecías ir muy en serio con ella. Me alegro de que fuera una broma en realidad –dijo Alex de repente, rompiendo el hechizo que aquel beso había tejido a su alrededor.

Rey no supo qué decir. Había besado a Sara muchas veces, pero nada más. El compromiso no era más que una cortina de humo; una estratagema para tranquilizar al abuelo.

A lo mejor era por la situación tan extrema en la que se encontraban, a causa del accidente de Benedict; algún viejo instinto que lo instaba a sobrevivir a toda costa… Pero, fuera como fuera, en ese momento deseaba mucho más de ella que un simple beso.

Capítulo Tres

Rina se sentó en el asiento trasero de una elegante limusina negra, al lado del patriarca de los del Castillo. Su mente estaba llena de instantáneas de Reynard del Castillo, el novio de su hermana. Entendía muy bien lo que Sara veía en él, porque ella misma lo estaba experimentando.

Todo estaba mal. Sara y ella nunca se habían sentido atraídas por el mismo hombre. Jamás. A las dos les gustaban los hombres morenos y altos, pero Sara era mucho más superficial que ella. Siempre se enamoraba de triunfadores; hombres que acaparaban toda la atención de los flashes, mientras que Rina siempre se fijaba en hombres discretos, ésos que solían pasar desapercibidos a pesar de sus muchas cualidades; alguien como Jacob, un hombre que triunfaba en la sombra y cuyos éxitos, desafortunadamente, no lo habían llevado en la dirección que ella esperaba. Jacob había terminado enamorándose de su jefa.

—Es la maldición, ¿sabes? —dijo el abuelo de Rey de repente, interrumpiendo sus pensamientos.

—¿La maldición?

—Ya veo que no te ha dicho nada todavía. Claro. No podía ser de otra manera. Él no cree en ello, pero es verdad.

Presa de una gran curiosidad, Rina trató de preguntarle a qué se refería, pero el anciano masculló algo en español y se quedó dormido de inmediato.

–¿Está bien? –le preguntó a Javier, inclinándose adelante–. Acaba de quedarse dormido.

–Sí, el señor está bien –dijo Javier, esbozando una sonrisa y mirándola por el espejo retrovisor–. Está cansado, pero no quiere admitir que ya no es tan fuerte como antes.

Al llegar a la casa de campo de Sara, Javier la acompañó hasta la puerta y luego se marchó con el abuelo.

Por primera vez desde su llegada, Rina pudo ver con claridad el salón principal. El techo tenía las vigas al descubierto y el yeso color albaricoque daba un aspecto acogedor y cálido a toda la casa. Encendió la televisión, incapaz de soportar el silencio absorbente que reinaba en el lugar. Dejó el bolso sobre una mesa y fue hacia la pequeña cocina. Su estómago ya empezaba a hacer ruido a causa del hambre. Abrió la nevera y se llevó un gran alivio al ver que su hermana había dejado algo de comida. Queso, algunos vegetales, huevos y un poco de leche pasada de fecha.

Rina frunció el ceño. No era propio de su hermana dejar perecederos caducados en la nevera antes de hacer un viaje. Aquella extraña situación no hacía más que complicarse por momentos. ¿Acaso Sara se había ido a Francia con prisas, esperando poder regresar antes? ¿Pero, de ser así, por qué había vuelto allí de nuevo?

Rina se rindió. La cabeza empezaba a dolerle de tanto pensar. El estómago volvió a recordarle que hacía más de ocho horas que no probaba bocado. Agarró los huevos y los vegetales que parecían más frescos y se preparó un plato de verduras fritas. Al día siguiente tendría que ir a comprar algo, sobre todo si Sara iba a volver pronto.

Poco después de terminar de comer, oyó el ruido de un coche que se acercaba. Abrió la puerta y se encontró con el lujoso deportivo de Reynard del Castillo. Con el corazón desbocado, le vio bajar del vehículo e ir hacia la puerta. Se había quitado la chaqueta del traje y también la corbata. Parecía cansado y somnoliento, y era evidente que las noticias no eran muy buenas.

–¿Benedict? ¿Se va a recuperar? –le preguntó cuando llegó junto a ella.

–Ha superado la operación y está en la unidad de cuidados intensivos. Nos dejan entrar de uno en uno, y sólo durante unos minutos. Alex y Loren se van a quedar esta noche, y yo volveré a primera hora mañana.

Al verle así, Rina no pudo resistir la tentación de consolarle. Abrió los brazos, invitándole a pasar, y él la estrechó en los suyos sin dudarlo ni un instante.

–Se recuperará, Rey –murmuró ella, dejándose envolver por el calor que manaba de sus poderosos músculos.

–Han hecho todo lo que han podido y ahora todo depende de él –susurró él con una voz profunda y conmovedora.

Rina sintió una punzada de dolor al oírle hablar así. Los tres hermanos debían de estar muy unidos y ella apenas podía imaginarse lo que estaban pasando en esos momentos.

–Es joven y fuerte –le dijo, buscando las palabras adecuadas–. Estoy segura de que va a conseguirlo.

–No sé lo que haré si no es así.

Rina cerró los ojos y trató de contener las lágrimas que amenazaban con derramarse en cualquier momento. Poco a poco se zafó de él y fue a cerrar la puerta.

–Ven. Te prepararé algo caliente… A no ser que quieras algo más fuerte.

–No. Un café será suficiente. Quiero mantenerme sobrio por si me llama Alex.

Rina asintió y fue hacia la cocina. Mientras preparaba el café, le agradeció a su hermana la valiosa información que había incluido en la carta. Gracias a eso sabía que a Reynard le gustaba el café solo y con mucha azúcar. Por el rabillo del ojo le vio sentarse en uno de los butacones, apoyando los codos sobre las rodillas y frotándose los ojos.

En cuanto el café estuvo listo, lo vertió en una taza grande y se lo llevó en una bandeja junto con una cuchara y un bol de azúcar.

–Gracias –le dijo él, agarrando la taza y echándose dos azucarillos.

Rina se acomodó en el butacón de enfrente y le observó en silencio mientras se tomaba la bebida caliente.

–¿Más? –le preguntó cuando él dejó la taza sobre la mesa.

–No, gracias. Supongo que debería volver a la ciudad, a casa –bostezó–. Mejor ahora que luego.

–Podrías quedarte aquí –le dijo ella, aunque en realidad no sabía cuántas habitaciones tenía la casa de campo.

De repente una idea inquietante se coló entre sus pensamientos. ¿Y si él esperaba que durmieran en la misma cama? ¿Y si quería buscar consuelo en sus brazos? Después de todo era el novio de su hermana y eso era lo más normal en esas circunstancias. ¿En qué estaba pensando cuando le había invitado a quedarse?

–¿Estás segura? –le preguntó Rey, mirándola.

Rina se preguntó qué había hecho. Siempre podía fingir cansancio y un dolor de cabeza, pero, ¿y si la atracción que sentía por él la llevaba a hacer algo que no debía hacer?

Por suerte, la razón se impuso al miedo. Él estaba exhausto y era más que improbable que tuviera energía suficiente para hacer algo más que dormir. Además, era el prometido de su hermana y ella jamás hubiera traicionado la confianza de Sara de esa manera.

–Oye, un del Castillo en el hospital es más que suficiente, ¿no?

Él esbozó una sonrisa dulce.

–Dos, si cuentas con el abuelo en la residencia.

–Tienes razón –dijo ella, sonriendo–. Dicen que tres son multitud, así que es mejor no tentar a la suerte, ¿verdad?

–Voy a sacar las cosas del coche.

Rina no pudo ocultar la cara de sorpresa. ¿Las cosas? ¿Acaso solía dormir a menudo en casa de Sara?

–Siempre llevo algo para cambiarme en el coche por si me quedo en casa de alguno de mis hermanos –añadió él al ver su reacción.

–Iré… Am… Voy un momento al cuarto de baño mientras vas a por tus cosas.

Rina corrió al dormitorio y escondió su maleta en el pequeño armario. Rápidamente buscó algo que le sirviera de pijama en la cómoda de su hermana y encontró una camiseta de tamaño maxi. De camino al cuarto de baño oyó entrar a Rey.

La vieja cerradura de metal encajó en su sitio con un estruendoso clic que retumbó por toda la casa. Rina tragó con dificultad. Tenía un tenso nudo en la garganta. Qué no hubiera dado en ese momento por hablar con su hermana. Cerró la puerta del cuarto de baño tras de sí y se lavó la cara. Se cepilló el pelo y también los dientes, repitiéndose una y otra vez que al fin y al cabo no era necesario. Reynard del Castillo y ella no harían otra cosa que dormir esa noche.

Cuando se puso la camiseta, el corazón le latía sin ton ni son. Si no lograba controlarse terminaría en el hospital. Aferrándose al blanco lavamanos de porcelana, trató de respirar hondo varias veces. Podía hacerlo. Lo único que tenía que hacer era quedarse profundamente dormida. Era tan simple como eso.

Abrió la puerta. Reynard la esperaba sentado en la cama, con un pequeño maletín de cuero entre las manos. Al verla salir levantó la vista.

–¿Seguro que no te importa? –le preguntó.

–Claro que no –dijo ella fingiendo una indiferencia que no sentía.

–No tardaré mucho –le dijo él, levantándose y yendo hacia el cuarto de baño–. Puedo dormir en el sofá si lo prefieres.

–Como si fueras a caber en él –Rina forzó una sonrisa–. No seas tonto. No me importa. De verdad.

Rey asintió levemente, entró en el aseo y cerró la puerta. Rina se metió bajó las sábanas y respiró hondo, aspirando todo el aroma a lavanda de la ropa de cama. A lo mejor él se tomaba su tiempo. A lo mejor incluso se quedaba dormida antes de que saliera del cuarto de baño.

Se volvió hacia el borde de la cama, cerró los ojos y trató de relajarse, sin mucho éxito; tenía el cuerpo tan tenso como una cuerda. Cuando Reynard salió de cuarto de baño, apagó la lámpara de noche y un segundo después Rina sintió cómo se hundía el colchón a su lado. La joven contenía la respiración.

–Jamás pensé que pasaríamos nuestra primera noche de esta forma –dijo él de repente.

¿La primera noche?

Rina masculló algo inconsecuente a modo de respuesta. Aquella afirmación era más verdadera de lo que él podía imaginar.

Bajo las sábanas podía sentir el calor de su cuerpo masculino a unos escasos milímetros. De repente cambió de postura y la rodeó con el brazo, atrayéndola hacia sí, apretándola contra poderoso pectoral.

–Que duermas bien –le dijo suavemente–. Y gracias. Me alegro de no estar solo esta noche.

Rina guardó silencio y siguió escuchando. Los ojos le escocían en la oscuridad. En pocos minutos la respiración de él se hizo regular y profunda; su cuerpo se relajó contra ella.

A lo lejos podía oír el murmullo del mar; en sincronía con el susurro de su respiración. Poco a poco empezó a relajarse y se dejó llevar por la marea que la envolvía.

Rey supo el momento exacto en el que Sara se dejó llevar por el sueño. Sus suaves curvas se acurrucaban contra él y era tan agradable abrazarla, tan agradable… Una parte de él se resistía a dormir. Hizo un esfuerzo por recordar por qué estaba allí; recordó las circunstancias que lo habían llevado a la cama de Sara esa noche. El recuerdo de Benedict en el hospital, conectado a todas esas máquinas, incapaz de respirar por sí mismo, era más de lo que podía soportar.

Abrazó a Sara con más fuerza y ella se pegó a él aún más. Su firme trasero le rozaba la bragueta.

En otras circunstancias, la hubiera hecho despertar, para perderse en sus curvas femeninas. Por mucho que quisiera mantener la relación en un nivel platónico, no podía negar que estaban comprometidos, aunque sólo fuera de cara a la galería. Al fin y al cabo no eran más que un par de adultos sanos con impulsos e instintos naturales.

Pero un del Castillo no podía sucumbir a las tentaciones tan fácilmente. Desde un principio, había sentido un gran alivio al ver las costumbres antiguas de Sara; sus besos recatados, el rubor de sus mejillas...

Por lo menos así sabía que ninguno de los dos saldría herido cuando terminaran con la farsa. Ni reproches ni corazones rotos... Pero esa noche, sin embargo, necesitaba tenerla en sus brazos; algo que hasta ese momento jamás había sentido.

Ella parecía muy distinta ese día. No sabía muy bien de qué se trataba, pero era algo más que el café que se había tomado en el hospital. Despedía un halo de calma que nada tenía que ver con aquella chica fiestera por la que se había sentido atraído al principio. Había algo nuevo en ella; algo que le llegaba muy adentro. ¿Cómo era posible que las cosas hubieran dado un giro tan grande en tan poco tiempo?

Finalmente Rey se dejó vencer por el sueño, embriagado por la desconocida fragancia del cabello de Sara. Fuera lo que fuera lo que había obrado semejante cambio, ella era justo lo que necesitaba esa noche.

Capítulo Cuatro

Reynard se despertó con la luz del sol. Durante un instante, se sintió desorientado, sin saber dónde estaba ni con quién. Sin embargo, su cuerpo no tardó en recordar. El suave aroma del cabello de Sara y el calor de su piel lo envolvían por doquier. Ella había perdido un poco el bronceado dorado y el deseo de acariciar su aterciopelado muslo, desnudo bajo las sábanas, era irresistible. Reynard cerró los ojos y respiró profundamente, aspirando la embriagadora fragancia de su piel. Sus ojos se abrieron bruscamente. Llevaba tanto tiempo privado de aquel regalo sensorial que la experiencia era explosiva.

Recorrió su cuerpo con la mirada una vez más. Fueran los cambios los que fueran, no podía evitar sentir cierto placer al observarla mientras dormía. Su compromiso sin ataduras nunca había incluido charlas matutinas, hasta ese momento. A lo mejor podía despertarla de la forma más agradable que conocía.

De pronto oyó el discreto timbre de su teléfono móvil, proveniente del pequeño salón de la casa. Había cosas más importantes en ese momento que descubrir si Sara sabía tan bien como indicaba su dulce aroma.

Se levantó de la cama, intentando hacer el menor ruido posible. Ella masculló algo entre sueños y volvió a acurrucarse en la almohada. Todavía tenía oscuras ojeras bajo los ojos y su rostro seguía tan pálido como el día anterior cuando se había presentado en su despacho. Fuera lo que fuera lo que hubiera estado haciendo recientemente, no eran unas vacaciones. Reynard se puso los bóxers y fue al salón para contestar a la llamada.

Aunque no fueran del todo buenas, las noticias sobre Benedict sí eran esperanzadoras. Además, ya era hora de tomar el relevo de Alex y Loren. Se dio una ducha rápida, se puso una muda limpia y dejó una nota en la encimera de la cocina.

Antes de marcharse volvió al dormitorio una vez más. Ella había vuelto a moverse y por debajo de la sábana asomaba uno de sus pies, moviéndose lenta y sutilmente. La camiseta se le subió un poco más por encima de los muslos y dejó al descubierto sus nalgas redondas y bien formadas. Sus ojos se movían por debajo de los párpados.

Reynard sintió ganas de cruzar la habitación y darle un beso en aquellos labios carnosos y rosados. Sin embargo, con sólo pensarlo, sus dedos asieron con más fuerza el picaporte de la puerta. Sacudiendo la cabeza, cerró la puerta tras de sí y siguió su camino. ¿Cómo había ocurrido? ¿Cómo era posible que no pudiera sacársela de la mente cuando antes sí podía hacerlo con tanta facilidad?

***

Rina se estiró bajo las sábanas de algodón, bostezó y se incorporó de un salto. ¿Reynard? ¿Dónde estaba él? Agarró el borde de la camiseta y tiró hacia abajo, pero entonces, al ver lo mucho que le marcaba el pecho, la soltó de golpe. Se puso en pie de un salto y fue hacia la puerta con sumo sigilo. Escuchó con atención durante unos segundos, pero no oyó nada.

Abrió la puerta con cuidado y volvió a escuchar. Sólo se oían los pájaros cantando. Él se había marchado. Buscó el móvil y llamó a su hermana, pero la llamada se fue directa al buzón de voz. Durante un instante se sintió tentada de seguirlo intentando una y otra vez hasta que Sara contestara, pero entonces pensó que su hermana nunca la había evitado a propósito, así que dejó un mensaje.

Ha habido un accidente. Benedict está herido. Seguro que hoy también me están esperando en el hospital, y no sé por cuánto tiempo podré seguir con esta farsa. Por favor, llámame, Sara.

Con un suspiro de exasperación terminó la llamada y se dirigió hacia la cocina. Y entonces vio la nota de Rey. La leyó rápidamente.

Él iba a mandarle un coche a eso de las diez. Rina miró el reloj de pared. Tenía algo más de dos horas para prepararse; dos horas para averiguar cómo iba a decirle toda la verdad.

Buscó algo de ropa limpia y fue a ducharse. Con un poco de suerte podría ir al pueblo a comprar algo antes de que Rey volviera. No podía hacerle frente con el estómago vacío.

La enorme bicicleta negra, con una cesta delante, resultaba bastante imponente. Rina se rascó la cabeza un par de veces. ¿Iba a atreverse a montarla? No tenía casco, ni cadena de seguridad, ni marchas… Además, a juzgar por la espesa maraña de telarañas que la cubría, llevaba muchísimo tiempo sin moverse en el trastero de la casa de campo.

Rina se estremeció. Odiaba a las arañas, pero tenía que comer y el desayuno había terminado con los pocos víveres que quedaban en la casa. Haciendo acopio de toda su valentía, se subió a la bicicleta y echó a andar.

Llevaba un rato pedaleando cuando se topó con una nube de polvareda en el camino. Hasta ese momento había creído que se trataba de un acceso privado, así que se llevó una gran sorpresa al ver que otro vehículo iba hacia ella; un vehículo que se movía a gran velocidad, a juzgar por el polvo en suspensión.

Al verlo acercarse, Rina no tardó en reconocer el flamante deportivo de Reynard. Él aminoró un poco y se detuvo rápidamente en el camino de tierra. Rina esperó a que la polvareda se asentara antes de ir hacia él.

–¿Qué demonios estás haciendo? –le preguntó él, bajando la ventanilla.

–Voy en bici. Tengo que llenar la nevera.

–¿Y desde cuándo vas en bici a comprar? –le preguntó él, bajando del vehículo de lujo.

Rina tuvo tiempo de mirarlo de arriba abajo. Llevaba unos pantalones color gris claro y un suéter blanco con las mangas subidas hasta los codos y dejando al descubierto unos poderosos antebrazos, fornidos y bronceados. Sus ojos color almendra estaban ocultos detrás de unas gafas de sol y la suave brisa que corría en ese momento le agitaba el cabello.

Al darse cuenta de que él esperaba una respuesta, Rina buscó algo que decir a toda velocidad.

–Tengo que comprar algunas cosas.

–¿Y entonces por qué no hiciste lo que siempre haces? Dejarle una lista a la empleada de la limpieza.

Rina trató de reprimir un suspiro y se acordó de su hermana de todas las formas posibles. Desde ese momento tendría que caminar sobre cristales rotos.

–Necesitaba hacer un poco de ejercicio –le dijo, encogiéndose de hombros–. Además, hace una mañana estupenda y no te esperaba tan pronto. ¿Cómo está Benedict?

–Los médicos dicen que van a sacarlo del coma inducido hoy mismo. El abuelo y Javier están en el hospital, así que pensé venir a buscarte más pronto.

–De acuerdo, entonces sígueme –sugirió Rina, dando media vuelta y volviendo a subirse en la bici.

–También podríamos dejar aquí la bici y recogerla cuando regresemos –dijo Rey, levantando una ceja.

–No. No puedo hacer eso. ¿Y si me la roban? ¿Qué dirían los dueños?

–Sara, déjalo ya. La bici es mía. Y la casa también. Bueno, en realidad es de mi familia. Ya lo sabes.

De repente todas las piezas encajaron en el puzle; el maravilloso castillo que había visto por la ventana, cerca de los acantilados; el apellido de Reynard… Sara se alojaba en Governess's Cottage; una propiedad de la familia.

–Bueno, de todos modos quiero guardarla. No quiero que te vayas a enfadar conmigo ni nada parecido –alegó intentando que sonara como una broma.

Él esbozó una media sonrisa que la hizo pararse en seco. Cuando estaba serio, era rabiosamente guapo, pero con esa sonrisa cínica, resultaba irresistible. Rina empezó a pedalear con energía; temerosa de salirse del camino y terminar en la cuneta. Cada vez que apretaba un pedal era consciente de la visión que él tenía desde atrás: sus pantalones blancos de algodón, ciñéndosele al trasero y a los muslos. Al llegar a la casa, estaba sudada y acalorada. Además, se había manchado el pantalón con la grasa de la cadena, así que fue a cambiarse un momento antes de salir hacia el hospital.

Dejando a un lado su propia maleta, abrió el armario de Sara y agarró la primera cosa que encontró; un vestido de flores con una etiqueta de firma, nada que ver con las prendas económicas a las que ella estaba acostumbrada. Sara siempre había preferido vivir el presente y darse todos los caprichos y, por una vez, Rina estaba de acuerdo. Sabía que a su hermana no le molestaría que tomara prestada su ropa. De hecho, ella misma se lo había sugerido. Sin embargo, tenía la sensación de que ese vestido en particular era algo especial. El tejido, deliciosamente exquisito, se deslizaba sobre su cuerpo como una caricia.

Después de ponerse unos zapatos de salón con los dedos al descubierto, fue hacia el cuarto de baño para retocarse el maquillaje y echarle un vistazo al teléfono.

Un mensaje de Sara. Por fin.

Rina reprimió un gemido de frustración. ¿Por qué tenía que contestarle justo cuando no podía llamarla ni escribirle otro mensaje?

Siento no haberte contestado antes. Espero que todo vaya bien con Ben. Por favor, hagas lo que hagas, no le digas a Rey lo que he hecho. Te llamaré pronto. Te quiero. Sara.

A Rina se le cayó el corazón a los pies. Se había preparado para contárselo todo a Reynard y ahora Sara volvía a pedirle que siguiera guardando el secreto. Después de pensarlo unos segundos, decidió darle algo más de tiempo a su hermana. Con un poco de suerte, ella estaría de vuelta en un par de días y todo volvería a la normalidad.

No sin reticencia, silenció el teléfono móvil. No podía utilizarlo en el hospital.

–¿Sara? ¿Estás lista? Tenemos que irnos.

La voz de Rey, proveniente del otro lado de la puerta del cuarto de baño, la hizo sobresaltarse. Abrió el grifo, se echó un poco de agua fría en la cara.

–Un segundo. Casi he terminado –le dijo.

Buscó su perfume, se echó unas gotas detrás de las orejas y se recogió el pelo en un moño rápido. Ésa era la ventaja de tener la misma melena pelirroja; podían llevarla de la misma manera.

Se miró en el espejo por última vez.

Podía hacerlo. Podía afrontar cualquier cosa, por lo menos cualquier cosa que no entrara en el terreno personal.

–Me gusta tu perfume –le dijo Rey, al salir de la casa–. Es distinto del que sueles llevar –añadió, respirando hondo.

Rina tragó con dificultad. Había pasado por alto ese pequeño detalle.

Se volvió hacia él y sonrió al tiempo que se ponía unas gafas de sol. Sara siempre le había advertido que sus ojos la delataban.

–Me lo compré en Francia. ¿Te gusta?

Desde detrás, Rey se inclinó hacia ella y volvió a olerla. Sus labios estaban a un milímetro del cuello de ella.

–Mm, sí. Me gusta mucho.

Rina sintió un escalofrío en la nuca que se propagó por su espalda a la velocidad de un relámpago; tanto así que perdió el equilibrio.

Rey la sujetó con fuerza, impidiendo que cayera.

–Estoy bien –dijo ella rápidamente, zafándose de él antes de que las cosas fueran más allá.

¿Qué se había dicho a sí misma unos minutos antes?

Podía hacerlo. Podía afrontar cualquier cosa.

¿Cualquier cosa?

Capítulo Cinco

Las últimas noticias del hospital no eran alentadoras. En lugar de intentar sacar a Benedict del coma, los médicos habían decidido prolongar su estado dos días más. Los airbags lo habían salvado de daños mayores en la cabeza, pero tenía una inflamación en el cerebro que era preocupante. Cuarenta y ocho horas más de suplicio y esperanza.

Rey se apoyó contra el respaldo y miró a su hermano Alex. Estaban en la sala de espera. De alguna manera tenían que salir adelante, de alguna manera Benedict tenía que conseguirlo. No necesitaba oírlo de su boca para saber que Alex estaba pensando en la última noche que habían pasado los tres juntos.

Había sido semanas antes, la noche en que el abuelo había sufrido el ataque al corazón. Se habían reunido en la mansión para cenar. Rey había anunciado su compromiso con Sara, pero Ben no se había dejado engañar. A pesar del acuerdo al que habían llegado tres meses antes, Benedict sabía que su hermano Rey no tenía ninguna intención de casarse con su prometida. Los continuos sermones del abuelo respecto a la maldición de la institutriz ya se hacían insoportables; tanto así que el mismo Alex había decidido seguir adelante con el matrimonio que nunca había pensado tomarse en serio, y Benedict y Rey se habían visto obligados a prometer que harían lo que fuera necesario para hacer feliz al abuelo. El matrimonio entre Loren y Alex había salido bien de puro milagro; los del Castillo era orgullosos y testarudos.

Rey sintió un escalofrío. A lo mejor el abuelo tenía razón. A lo mejor la maldición se estaba cerniendo sobre ellos y el accidente de Benedict era un aviso. Su lado más racional rechazó aquella idea peregrina, pero su corazón no fue capaz de hacerlo. ¿Podían tener un efecto tan nefasto las palabras de una mujer despechada nueve generaciones más tarde? Rey volvió a sentir esa mano fría que le recorría la espalda y entonces suspiró, nervioso. La espera se hacía interminable y le dejaba demasiado tiempo para pensar.

Ni Alex ni él podían abandonar el hospital en esos momentos. La situación de Benedict era crítica y no podían dejarle solo. Rey se revolvió en el incómodo asiento. No era de extrañar que el abuelo se hubiera cansado tan pronto. El mobiliario de la sala del hospital era insufrible.

¿Y dónde estaba Sara? Se había marchado dos horas antes con el abuelo y Javier, con el pretexto de solucionar un par de cosas, pero aún seguía sin aparecer. ¿Qué podía ser tan importante en un momento como ése? Su lugar estaba a su lado, o por lo menos tenían que verla a su lado.

De pronto oyeron un ruido junto a la puerta.

Alex y él intercambiaron miradas de desconcierto y se pusieron en pie. La puerta se abrió y entonces entraron varios empleados de mantenimiento, cargados con grandes carritos, uno vacío y los demás llenos de bultos. Sara entró detrás de ellos con una sonrisa en la cara.

–Gracias, caballeros. Sí. Llévense éstas y después pueden colocar los nuevos muebles.

–¿Nuevos muebles? –preguntó Rey, mirando de reojo a su novia.

¿Acaso se había vuelto loca? ¿Muebles nuevos en una sala de hospital?

–Sí –dijo ella, apartándose para que los hombres pudieran retirar las incómodas sillas y después colocar un mullido sofá y dos butacones reclinables–. Muebles nuevos. Es imposible estar cómodo en esas sillas –señaló el carrito que estaba fuera–. Además, si hubiera traído solo un butacón para el abuelo, él no lo habría querido, ¿verdad?

–Sí. Claro –reconoció Rey, pasando junto a uno de los empleados–. Seguro que lo habría rechazado –Rey la miró con cierto escepticismo.

¿Desde cuándo se había vuelto tan perceptiva y atenta?

Ella le devolvió la sonrisa y entonces él sintió algo inesperado y completamente nuevo hacia ella; algo cálido y profundo. La sensación lo tomó por sorpresa y lo hizo sentir incómodo durante un tiempo. No estaba acostumbrado a sentir algo así por una mujer. Normalmente su relación con las mujeres se reducía al plano físico, y con Sara las cosas nunca había sido diferentes, hasta su regreso de Francia. ¿Cómo era posible que la Sara divertida y despreocupada que había conocido durante los eventos ecuestres pudiera ser la misma persona que en ese momento se preocupaba por el bienestar de su abuelo? Aquello no tenía sentido. Parecía que se estaba tomando su responsabilidad hacia la familia muy seriamente; mucho más de lo que él jamás había querido. De repente había dejado de ser la chica de la que podría deshacerse fácilmente al romper el compromiso y, si bien no tenía intención alguna de casarse con ella, no podía evitar sentir un desconocido sentimiento de protección hacia ella; un sentimiento que le decía que no podía hacerle daño.

Estiró los brazos y la abrazó. Ella lo miraba con ojos de sorpresa, pero su cuerpo acabó relajándose contra él. Suave contra duro... Femenino contra masculino... Y era tan agradable, increíblemente agradable. Cada rincón de su cuerpo estaba en sincronía con el de ella, y sus corazones parecían latir al unísono.

–Gracias –le dijo en un susurro, apoyando la barbilla sobre su cabeza–. Te agradezco mucho lo que has hecho.

–De nada. Me gusta poder ser de ayuda –dijo ella, tratando de restarle gravedad al asunto–. Además, sólo he alquilado el mobiliario, pero también pensé que a tu familia le gustaría donar los muebles al hospital para otras familias que estén pasando por lo mismo.

Sabiendo que su cuerpo podía delatarla en cualquier momento, Rina se zafó de él y comenzó a caminar por la estancia. Una parte de ella deseaba no haber accedido al engaño de Sara. Hubiera querido decirle la verdad al entrar en su despacho por primera vez, pero no podía hacerle algo así en esos momentos. Ella sabía muy bien lo que era ser rechazada de esa manera. Sabía de primera mano lo que era un compromiso roto, con un ser querido en el hospital, debatiéndose entre la vida y la muerte.

Y por ello tenía que fingir un poco más; seguir haciendo lo que mejor se le daba, igual que hacía en su trabajo como asistente personal. Sus conocimientos y experiencia en el mundo de la publicidad y la resolución de conflictos la habían hecho ganarse la confianza de los ejecutivos para los que trabajaba, y podía hacer uso de todas esas cualidades para ayudar a la familia del Castillo en un momento como ése. Sin duda, Benedict pasaría una larga temporada en el hospital y ella iba a asegurarse de hacerles la estancia lo más llevadera posible a todos sus familiares.

Los días pasaron muy despacio. La familia afrontó la incertidumbre con entereza y, por fin, tres días más tarde, el médico acudió a la sala de espera. Rina casi tenía miedo de esperar algo bueno, pero entonces el hombre esbozó una sonrisa.

–El señor del Castillo ha hecho muchos progresos en los últimos días. Está saliendo del coma inducido y evoluciona favorablemente. Es evidente que la recuperación será larga, pero estoy seguro de que con el apoyo de su familia saldrá adelante.

Rey y Alex bombardearon al médico con preguntas, pero el abuelo permaneció quieto en su butacón. Sus ojos estaban llenos de lágrimas.

Rina se agachó junto a él y tomó sus arrugadas manos en las suyas propias.

—Son buenas noticias, abuelo. Benedict se va a poner bien. Es fuerte, y va a conseguirlo.

Aston del Castillo levantó una mano y le acarició el cabello con gentileza.

—Gracias. Sé que lo conseguirá. Es un del Castillo. Ahora debemos luchar contra la maldición antes de que sea demasiado tarde.

Rina ya había oído algo acerca de la maldición, pero nadie le había dicho claramente de qué se trataba.

—¿Demasiado tarde? —le preguntó al anciano—. ¿Por qué iba a ser demasiado tarde?

—El tiempo se acaba. Ellos no quieren creerlo. Ni siquiera Reynard —el anciano sacudió la cabeza lentamente y entonces la miró fijamente—. Pero tú puedes hacer algo. Puedes ayudar a romper el hechizo. La maldición no espera.

—Señor, no preocupe a la señorita de esa manera —dijo Javier antes de que el abuelo dijera nada más—. Gracias, señorita Woodville. Nuestra vigilia no ha sido tan dura para estos dos ancianos gracias a usted.

—Bah, ancianos. Lo dirás por ti —dijo Aston del Castillo, riéndose a carcajadas.

Rina se incorporó lentamente. No quería oír nada más acerca de la maldición por el momento. Con la mejora de Benedict ya no la necesitarían tanto, así que ya era hora de afrontar la realidad.

Cuando el médico se marchó todos acordaron irse a casa un rato y regresar por la tarde. Rina se acercó a Rey y le tocó el brazo.

–Me voy a casa ahora. ¿Te veo luego?

–Te llevo a casa –dijo Reynard, dando un paso adelante.

–No. No es necesario. Estoy acostumbrada a tomar un taxi.

–Y no deberías. Eres mi prometida y debería ser yo quien cuidara de ti y no al revés. Gracias por todo lo que has hecho.

–De nada, Rey, pero, en serio, es lo que siempre… –Rina vaciló antes de continuar–. Es lo que yo haría por cualquiera en esta situación. No tienes que pensar en nada más que en tu hermano.

Durante un instante Rina creyó que él iba a insistir en que le dijera lo que había estado a punto de decirle, pero, afortunadamente, no lo hizo. Se despidieron del resto de la familia y entonces se marcharon.

El viaje de vuelta a la casa de campo de Sara fue más corto de lo esperado. Después del enorme susto que les había dado Benedict, Rey parecía tener prisa por retomar su vida. Cuando el coche se detuvo frente a la casa, Rina se volvió para darle las gracias, pero él ya se estaba bajando del vehículo para abrirle la puerta.

–Gracias –repitió ella, aceptando la mano que él le ofrecía.

Mientras bajaba del coche, Rina notó que él le tocaba con insistencia el dedo anular, palpando la marca pálida que le había dejado el anillo de compromiso de Jacob.

–¿Dónde está tu anillo? ¿Por qué no lo llevas?

De repente Rina se acordó del sobre que Sara le había dado antes de irse.

–Yo… Yo, eh, me lo quité la noche en que regresé. No quería ensuciarlo mientras lavaba los platos. Y con todo lo que ha pasado, olvidé ponérmelo de nuevo.

Buscó en el bolso y sacó la llave de la casa. Abrió la vieja puerta y fue hacia la mesita donde había dejado el sobre de su hermana. ¿Y si Rey lo había visto allí? De ser así, sin duda se preguntaría quién era esa tal Rina. ¿Y si había leído la nota de Sara?

Palpó el sobre y el ostentoso anillo de diamantes le cayó en la palma de la mano. Se lo puso rápidamente. La fría banda de platino le congelaba la piel, sellando la mentira de la que era cómplice.

–¿Lo ves? Ya está en su sitio –dijo, sonriendo.

Pero él no sonrió, sino que continuó mirando el anillo y después reparó en el sobre del que lo había sacado. No había visto más que el dorso del sobre, pero había tenido tiempo de ver la letra de ella. ¿Acaso Sara había estado a punto de romper con él? ¿Por qué si no había puesto el anillo en un sobre? Ella había arrugado el sobre de inmediato.

¿Acaso iba dirigido a él?

Rey cerró los ojos un momento, negándose a admitir que la idea de seducir a Sara resultaba más agradable de lo que quería creer. Todo lo que hacía lo hacía por su familia. Nada más.

–¿Quieres tomar un café antes de irte a casa? –le preguntó ella, pero su voz sonaba tensa, como si en realidad quisiera que se marchara cuanto antes.

Pero Rey no la iba a dejar escapar tan fácilmente. Nadie se deshacía de los del Castillo así como así. Manteniendo las sospechas a raya, dio un paso adelante, y entonces ella retrocedió un poco.

Él sonrió. Ella podía correr, pero no podía esconderse.

–No. Gracias. No quiero café.

De forma deliberada, dejó caer la mirada hasta llegar a sus labios. Y entonces ella se los humedeció, casi sin darse cuenta de lo que hacía.

La mirada de Rey descendió un poco más… Y ella respiró con dificultad. Su pecho subía y bajaba violentamente, dejándola en evidencia.

Él dio otro paso hacia ella. Podía ver sus pezones erectos, apretándose contra el fino tejido de su vestido.

–¿Quieres otra cosa? –preguntó ella, acorralada contra la mesa, extendiendo una mano por delante como si así pudiera detenerle.

–Sí, otra cosa –volvió a mirarla a los ojos y entonces fue hacia ella con paso decidido.

La mano que Rina tenía levantada se estrelló

contra el abdomen de él y entonces se deslizó sobre su pectoral, dejando un rastro de fuego a su paso. Rey la agarró de la cintura, la apretó contra sus propias caderas y entonces la besó.

En cuanto sus labios tocaron aquella boca, supo que la mujer que tenía entre sus brazos no era Sara Woodville.

Capítulo Seis

Besar a Sara siempre había sido agradable, divertido, pero no tenía nada que ver con lo que estaba ocurriendo en ese momento. Lo que sentía era volátil, explosivo, como una llamarada que lo quemaba por dentro. El sabor de aquellos labios embriagaba sus sentidos e intensificaba su ansia hasta extremos insospechados. Y porque podía, le pedía más y más. Le rozó los labios con la lengua una y otra vez hasta que ella entreabrió la boca. Sabía que debía parar, que debía preguntarle quién era en realidad y por qué estaba fingiendo ser Sara, pero la lógica no tenía lugar entre sus pensamientos. Su cuerpo femenino se fundía con el de él y sus caderas se rozaban contra su miembro viril hasta despertar un deseo que amenazaba con consumirlo por completo. Una ola de temblores lo sacudió por dentro mientras recorría su cuello con los labios. Aquello era auténtica pasión, sin reservas. La mujer ardiente que tenía en sus brazos no era la criatura escurridiza que lo había mantenido a raya durante semanas. No podía dejar de besarla. La mano que la sujetaba por la cintura descendió un poco hasta abarcar su trasero; la misma talla, pero faltaba la dureza de una amazonas.

Aquella mujer no era Sara Woodville, sin ningún género de dudas. ¿Pero entonces quién era? Poco a poco la soltó y ella abrió los ojos. Tenía los labios ligeramente hinchados y húmedos, como si lo invitara a seguir besándola.

Reynard luchó contra sus propias emociones. La cruda realidad era que ella no era quien decía ser y tenía que averiguar quién era exactamente. Su familia había sido el objetivo de oportunistas cazafortunas en numerosas ocasiones, y él había tenido que desarrollar un instinto especial para ellas que, sin embargo, no le había funcionado muy bien esa vez. Ella había pasado desapercibida, pero tampoco era prudente abordarla tan pronto.

–Tengo que irme, te veo mañana, ¿de acuerdo?

–Sí –dijo ella con voz entrecortada.

De alguna manera encontró la forma de arrancar la mirada de ella. Dejó caer los brazos y se dirigió hacia la puerta de entrada.

Ya en el coche, trató de reflexionar un poco. Ella era igual que Sara; tenía el mismo aspecto y la misma voz, pero definitivamente no era ella. Estaba completamente seguro de ello. Buscó entre sus recuerdos y trató de recordar todo lo que sabía de Sara Woodville aparte de su talento como jinete. Alguna vez había mencionado que tenía familia en Nueva Zelanda. ¿Una hermana? Quizá… Sí. Era una hermana. Ambas habían competido en eventos ecuestres durante la adolescencia, pero Sara había seguido con ello y había llegado a representar a su país en los campeonatos.

¿Pero qué había hecho su hermana? Reynard sacudió la cabeza, haciendo un esfuerzo por recordar. Cuando llegó a su apartamento, un lujoso ático situado frente a la bahía de Puerto Seguro, seguía sin encontrar una respuesta. No obstante, ¿cómo de difícil podía ser buscar información sobre la hermana de Sara Woodville en la era de Internet y los medios de comunicación?

Un rato más tarde tenía los datos que buscaba en la pantalla del ordenador. Una hermana gemela idéntica… Reynard bebió un sorbo del delicioso vino que se había servido y miró los resultados de la búsqueda con atención. No debería haberse sorprendido tanto. Sin embargo, la noticia no dejaba de asombrarlo. Sarina Woodville se estaba haciendo pasar por su hermana gemela, y se había comprometido, según decía el titular que acompañaba a la foto de aquel periódico local. En la instantánea ella aparecía junto a un hombre que debía de ser su prometido.

¿Pero por qué estaba en Isla Sagrado su hermana? ¿Y dónde estaba ella? ¿Qué plan maquiavélico escondían aquellos preciosos rostros? La información recogida en Internet revelaba que las hermanas venían de orígenes muy humildes y evidentemente el dinero debía de ser un reclamo para ellas. ¿Cómo si no podían mantener el estilo de vida de Sara? Los patrocinadores no duraban siempre y las exhibiciones ecuestres eran un negocio muy caro. La rabia creció en su interior, lenta, pero aplastante. ¿Cómo se habían atrevido a engañar a un del Castillo? Ambas tenían una lección que aprender.

Estaba dispuesto a hacer cualquier cosa para proteger a su familia, aunque eso significara tener que acercarse mucho más a la nueva Sarina Woodville. Reynard bebió otro sorbo de vino y lo saboreó lentamente, dando rienda suelta a sus pensamientos. A partir de ese momento sería él quien llevaría la voz cantante en aquella obra de teatro dirigida por las hermanas Woodville. Aunque aún no lo supieran, habían encontrado la horma de sus zapatos.

Rina se miró en el espejo con ojos cansados. La noche anterior había sido la peor desde su llegada a la isla, la peor desde que Jacob había roto el compromiso con ella. Sara la había llamado a última hora de la noche y, aunque la comunicación no fuera buena, el mensaje sí había sido muy claro. Fuera lo que fuera lo que estaba ocurriendo en Francia, Sara estaba pasando por un momento difícil y contaba con ella para mantenerlo todo en orden en Isla Sagrado. Llena de vergüenza a causa del beso que había compartido con Reynard, Rina le había prometido a su hermana que haría lo que hiciera falta para mantener la farsa hasta su regreso.

Se llevó las manos a la boca. El recuerdo de los labios de Rey era demasiado vívido. Había sucumbido a sus caricias como si estuviera hecha para él y, al hacerlo, había traicionado la confianza de su hermana.

Abrió el grifo y se echó agua fría en el rostro, una y otra vez, frotándose la cara hasta irritarse la piel. Buscó una toalla, se secó y entonces se miró en el espejo una vez más.

Las cosas no habían mejorado demasiado. Tenía el mismo aspecto horrible que cuando se había levantado. De repente el timbre de un teléfono interrumpió sus pensamientos.

–¿Hola? –dijo, con la esperanza de oír la voz de Sara.

–Buenos días, mi amor.

La voz de Rey, tan suave y envolvente como el chocolate negro, inundó sus sentidos desde el otro lado de la línea, endureciéndole los pezones y lanzando rayos de fuego que la recorrían de arriba abajo.

–Espero que hayas dormido bien –le dijo él–. Pensé que te gustaría conocer un poco más la isla. ¿Vamos esta tarde?

Rina reunió sus extraviados pensamientos y trató de formar palabras coherentes.

–¿Esta tarde?

–Sí –dijo él–. Voy a ver a Benedict ahora por la mañana y a primera hora de la tarde tengo que ir a la oficina, pero luego estoy libre. Puedo recogerte a las cuatro o a las cinco. Damos un paseo por la costa y después regresamos a mi casa para cenar. ¿Qué me dices?

¿Su casa? ¿Cenar? ¿Qué se traía entre manos? Por mucho que le hubiera sorprendido en un primer momento, ella sabía que Sara y él no tenían una relación tan íntima, a pesar del compromiso que los unía.

–¿Sara?

Rina creyó que podía oír la sonrisa en su voz.

–Sí… Sí. Me encantaría –dijo ella finalmente.

Por lo menos tendría todo el día para ella; tiempo suficiente para hacer acopio de coraje y defensas.

–Um, ¿me pongo algo especial?

–Buena pregunta. Podemos tomar algo en el puerto, así que ponte algo elegante. ¿Qué tal lo que llevabas la noche en que me declaré? Siempre estás preciosa con ese vestido. Bueno, nos vemos esta tarde. Hasta luego.

Rina permaneció junto al teléfono unos segundos incluso después de colgar. Sus dedos asían el auricular de plástico con fuerza y sus nudillos blanqueaban. El vestido que Sara llevaba la noche en que se le había declarado… ¿Qué podía hacer? No tenía ni idea de qué vestido se trataba y no tenía forma de averiguarlo si su hermana no la llamaba.

Sin saber muy bien lo que hacía, fue hacia el dormitorio y abrió las puertas del armario. No era muy grande y Sara no parecía almacenar mucha ropa en él. Sin embargo, por mucho que lograra acotar la búsqueda, Sara bien podía haberse llevado el vestido a Francia.

Rina se dejó caer en el borde de la cama y contempló el contenido del armario. Los ojos ya empezaban a escocerle con el picor de las lágrimas.

De repente aquella estúpida farsa fue demasiado para ella. Quería mucho a su hermana y habría dado su vida por ella, pero continuar con aquella obra de teatro le estaba pasando factura de una forma que jamás hubiera esperado.

Quizá lo mejor fuera decir la verdad de una vez; contarle a Reynard que Sara tenía miedo del compromiso y que le había pedido que se hiciera pasar por ella. Después de todo, él se merecía la verdad.

No obstante, Sara parecía tener razones poderosas para seguir adelante con la mentira y, fuera como fuera, ella era su hermana. En el pasado Rina nunca había tenido motivos para dudar de ella y era su deber ayudarla. De haber sido al contrario, Sara hubiera hecho lo mismo por ella.

Se levantó de la cama y empezó a rebuscar entre las prendas, tratando de adivinar cuál sería el vestido, sin mucho éxito.

En realidad el problema no era para tanto. Podía decir que el vestido estaba en la lavandería o que lo había manchado de maquillaje o algo parecido. Podía hacerlo. Por su hermana Sara era capaz de hacer cualquier cosa. Sólo tenía que recordar aquellas aventuras de la infancia en las que se hacían pasar la una por la otra.

No obstante, esa vez era diferente. En esa ocasión, por primera vez en toda su vida, deseaba lo que su hermana tenía con una fuerza que jamás había experimentado. Alejarse de Reynard, cuando Sara regresara, iba a ser la decisión más dura de toda su vida.

Rina miró su propia maleta, escondida al fondo del armario, y enseguida supo lo que iba a llevar esa noche. El vestido que se había comprado justo antes de ir a Isla Sagrado no tenía nada que ver con su estilo habitual. Más bien se parecía a las prendas glamurosas que solía escoger Sara. Era muy corto y sedoso, con dos finos tirantes que terminaban en un generoso escote. Incluso se había comprado un sujetador especial sin tirantes y también un tanga a juego.

Nada más probárselo en la tienda, se había dado cuenta de que era perfecto para ella; la prenda ideal para una mujer despechada. Aquel vestido la hacía sentir poderosa, femenina, fuerte…

Sí. Podía fingir ser otra persona, pero lo haría con su propia ropa y sus propios tacones de vértigo.

Capítulo Siete

A las cuatro de la tarde, Rina se subía por las paredes. El día había sido interminable y en aquella casa aislada había muy poco que hacer para entretenerse. Al final se había dedicado a quitar las malas hierbas del jardín y por lo menos podía decir que había hecho algo útil a lo largo del día. Alrededor de las cinco, después de darse una buena ducha, terminó pendiente del reloj, escuchando con atención en busca del ruido de un coche. Y un cuarto de hora más tarde, oyó por fin el motor del flamante deportivo de Rey. Se alisó el vestido por última vez, agarró el bolso de fiesta y salió a recibirlo.

–Debes de haber estado muy ocupada hoy –dijo él, contemplando el jardín.

Rina se encogió de hombros.

–Tenía que hacer algo para no volverme loca. No estoy acostumbrada a no hacer nada.

–Yo pensaba que ése era el objetivo de unas vacaciones, sobre todo en una isla del Mediterráneo –dijo él, levantando una ceja.

Rina sintió un escalofrío. Sara nunca se hubiera puesto a trabajar en el jardín.

–Bueno, ya me conoces –le dijo a Rey, forzando

una sonrisa y cruzando los dedos con disimulo—. Cuando algo se me mete en la cabeza, tengo que hacerlo a toda costa.

Rey soltó una pequeña carcajada.

—Es cierto. Ven aquí. Deja que te vea bien. Nunca te he visto llevar ese color. Te queda muy bien, sobre todo con el bronceado que ha adquirido tu piel —tomó una de las manos de Rina y tiró de ella con suavidad.

—El otro traje tenía una mancha, así que tuve que improvisar —dijo Rina, esquivando su mirada y haciendo todo lo posible para no sonrojarse.

—Me alegro —dijo él, mirándola intensamente—. Me gusta más éste. El color… te sienta mejor.

Rina sintió un cosquilleo a lo largo de la espalda. ¿Había hecho lo correcto eligiendo un vestido que podía delatarla en cualquier momento? Ya no estaba tan segura.

Rey la agarró de la mano y echó a andar.

Ella subió al coche y entonces lo miró de reojo. Llevaba unos pantalones negros que se le ceñían en los muslos y el fino tejido revelaba unos músculos firmes que se movían con destreza con cada cambio de marchas. Consciente del rubor que empezaba a acumulársele en las mejillas, Rina apartó la vista y se dedicó a mirar por la ventanilla.

Trató de recrear la imagen de Jacob en el recuerdo. Sus ojos azules y su piel clara no tenían nada que ver con los rasgos esculpidos y ojos color miel de Reynard del Castillo; tres semanas desde la última cena que había compartido con él. No hubiera podido imaginarse a Rey en la misma situación; él jamás hubiera convertido una relación de cinco años en una anécdota mientras intentaba explicarle las razones por las que había tenido una aventura en el último momento.

No. Reynard del Castillo era completamente diferente. Rina se atrevió a mirarle de reojo y entonces él se la devolvió un instante con una media sonrisa. La joven se estremeció. Se dio cuenta de que pensar en Jacob ya no le hacía daño y que, a pesar de todo lo que había sufrido, él había hecho lo correcto rompiendo el compromiso.

—Estás muy callada hoy. ¿Ocurre algo? —le preguntó Rey de repente, interrumpiendo sus pensamientos.

—Sólo estaba pensando. Nada importante.

—Pronto llegaremos a la costa. Podemos dejar el coche en mi casa e ir hasta allí andando para tomar algo antes de cenar.

—Me encantaría.

—Y a mí —dijo él, guiñándole un ojo.

Rina volvió a sentir el temblor que la había sacudido un rato antes.

—No sé si estos zapatos me dejarán llegar muy lejos. Espero que no haya que andar mucho.

Rey le miró los pies fugazmente y entonces soltó una carcajada.

—No te preocupes. Yo estaré allí para llevarte si es necesario.

Al imaginarse rodeada por aquellos brazos fuertes, sujetándola con firmeza, Rina se dio cuenta de que aquello era demasiado. El nudo que tenía en la garganta le impidió reírse con naturalidad.

–No creo lleguemos a eso –le dijo, casi sin aliento.

–Qué pena –le dijo Rey.

–¿Te importa si te pregunto algo? –dijo ella, en un intento por cambiar de tema.

–Claro. ¿De qué se trata?

–Esa maldición de la que habla tu abuelo. ¿De qué se trata?

–Ah, sí. No fue precisamente uno de los mejores momentos de la familia del Castillo –dijo él, en un tono enigmático–. Mejor te lo explico luego, cuando nos tomemos algo, y después de haber bailado.

–¿Bailar?

–¿No te lo he dicho? El restaurante está construido sobre el agua y la pista de baile es una de las más conocidas en Puerto Seguro.

Rina sintió un gran alivio. A ella le encantaba bailar, pero como a Jacob no le hacía mucha gracia, había tenido que renunciar a ello durante su relación con él. La sola idea de bailar esa noche la hacía sentir mariposas en el estómago.

–Parece que será divertido –le dijo con una sonrisa de oreja a oreja, deseando que llegara el momento.

Y llegó pronto. A pesar de la hora, la pista estaba abarrotada y Rey resultó ser un buen bailarín. Se movía con soltura y la hacía girar vertiginosamente.

Bailaron hasta cansarse y entonces fueron a buscar una mesa. Cuando por fin se sentaron frente a la bahía, Rina se sentía mucho más relajada.

–Uff, ha sido genial. Gracias por traerme aquí –dijo ella, conteniendo la respiración antes de beber un sorbo del agua con hielo que acababan de servirles.

–De nada. Se supone que íbamos a venir la noche antes de que te fueras a Francia. Pasaste días suplicándome que viniéramos.

–Ah, sí. Es verdad –dijo Rina, intentando seguirle.

–¿Quieres echarle un vistazo al menú de tapas o prefieres que elija yo?

–Oh, adelante. Sorpréndeme –dijo ella, gesticulando.

Rey le hizo señas al camarero.

–¿También quiere vino con el menú, señor? –le preguntó el camarero cortésmente.

–Sara, ¿quieres vino o prefieres seguir con el agua?

Rina tuvo la extraña impresión de que él deseaba que dijera que no, pero eso no tenía mucho sentido. A su hermana Sara siempre le habían encantado los espumosos caros y de buena calidad.

–Oh, vino, por favor. ¿Tienen cava catalán?

Aunque ella hubiera deseado un buen vino tinto, tenía que ceñirse a los gustos de su hermana. Rey arqueó una ceja y pidió el vino espumoso. El camarero tomó nota y los dejó con un leve movimiento de cabeza.

–Ya empezaba a preocuparme. Llevabas más de dos semanas sin probar el vino.

–¿Yo? Oh, no. Estoy perfectamente –dijo Rina, intentando mantener la sonrisa.

¿Sara había dejado de beber vino? Eso no era propio de ella. A lo mejor él tenía razón. En el aeropuerto, no tenía muy buen color.

–Ibas a contarme lo de la maldición –dijo Rina, cambiando de tema.

–Ah, sí. La maldición –Rey suspiró, se relajó en la silla y fijó la mirada en la lejanía–. Como te dije antes, no fue precisamente uno de los mejores momentos de nuestra familia. De hecho, la mayoría de nosotros preferiría olvidarse de todo el asunto, pero, por alguna extraña razón, el abuelo está obsesionado con el tema. A ver si lo entiendes y nos ayudas a quitarle esa idea peregrina de la cabeza.

–¿Tan malo es? –preguntó Rina, apoyando los codos en la mesa.

–Peor –dijo Rey–. Bueno, ¿por dónde empiezo?

–¿Qué tal por el principio? –dijo ella–. ¿Quién creó la maldición y por qué?

–Eso es fácil. Hace trescientos años, uno de mis ancestros contrató a una institutriz para sus tres hijas. Ésa es la vieja historia, supongo. Su esposa estaba muy enferma y se pasaba el día encerrada en la habitación. La institutriz, en cambio, era joven y bella. El barón era un hombre atractivo y viril, un rasgo típico de los hombres del Castillo –añadió en un tono bromista.

Rina esbozó una media sonrisa y puso los ojos en blanco un instante.

–Y también debía de ser modesto, otro rasgo típico de los del Castillo, ¿no?

–Oh, claro. Por supuesto –Rey sonrió abiertamente–. Bueno, para no alargarlo demasiado, con los años el barón tuvo tres hijos varones con la institutriz, y tres hijas más con su esposa. Él estaba decidido a reconocer a sus herederos varones, los hijos que había tenido con la institutriz, así que obligó a su esposa a reconocerlos como suyos, y cambió a los hijos de la institutriz por las niñas que había tenido con su esposa. Como muestra de su amor y agradecimiento por los tres hijos varones que le había dado, acomodó a la institutriz en la casa de campo donde vives ahora y le regaló un collar con un enorme rubí conocido como «la verdad del corazón».

–Oh –exclamó Rina, comprendiendo lo que significaba aquello.

–Era una joya de la familia.

–Entonces debió de quererla mucho.

–Bueno, no sé si era así. Por lo visto, el collar, o la piedra en sí, representaba la fuerza y la prosperidad de la familia. Era un regalo que se les daba a todas las novias con las que se comprometían los herederos del Castillo. El motivo por el que se la dio a su amante, nadie lo sabe.

–¿Pero por qué dudas de que la quisiera? Darle el collar debería ser la prueba de su amor.

–Eso es lo más lógico. Sin embargo, cuando los

chicos eran adolescentes, la esposa del barón murió y él se volvió a casar por conveniencia con una francesa de buena familia. Algunos dicen que fue por intereses económicos y políticos, pero en realidad no necesitaba aumentar la fortuna de la familia. Por aquel entonces ya era el hombre más rico de Isla Sagrado, y uno de los más ricos de toda España y Francia.

–¿Se casó con otra? –dijo Rina, asombrada–. ¿Después de que ella lo esperara durante tanto tiempo?

–Ah, ya veo que eres toda una romántica en el fondo. ¿Crees que el Barón del Castillo se hubiera casado con la institutriz de sus hijas?

–¡Bueno, por supuesto que debería haberlo hecho!

Reynard sacudió la cabeza suavemente.

–Entonces las cosas no eran así. Una plebeya no podía casarse con alguien de un estrato superior.

–Eso es asqueroso –dijo Rina, bebiendo un poco del cava que le habían servido mientras Rey contaba la historia–. Se lo debía.

–Bueno, parece ser que ella pensaba lo mismo que tú. Según la leyenda, ella se sintió traicionada, así que irrumpió en el castillo de la familia durante los festejos de la boda y acusó al barón de haberle robado a sus hijos. Él lo negó todo, obviamente, pero lo más terrible de todo es que sus propios hijos también lo hicieron. Negaron que ella fuera su madre. Ella perdió la razón y enton-

ces el barón ordenó que la llevaran a las mazmo-
rras del castillo, situadas en las cuevas de los acantilados. Sin embargo, justo antes de que se la llevaran por la fuerza, ella maldijo al barón y a sus
nueve hijos, incluyendo los suyos propios. Juró que
si en nueve generaciones no aprendían a casarse y
a querer con honor, verdad y amor, la estirpe se
extinguiría para siempre.

—¿Maldijo a sus propios hijos?

Rey se encogió de hombros.

—Estaba loca. ¿Qué quieres que te diga?

—La volvieron loca, más bien. Y sus propios hijos se volvieron contra ella —Rina asintió lentamente—. Entiendo por qué hizo lo que hizo. Pero
también sé que debió arrepentirse mucho después.

—Nunca sabremos si sintió remordimiento o no.
Algunos dicen que escapó de sus captores cuando
llegaron a los túneles que pasaban por debajo del
castillo. Dicen que huyó por uno que terminaba en
una apertura que daba directamente a los acantilados. La leyenda cuenta que cuando los soldados
la acorralaron, se arrancó el collar del cuello y lo
arrojó al mar. Al parecer dijo que la piedra sólo
volvería a la familia cuando se rompiera la maldición y entonces se arrojó al mar.

—Oh, no. Eso es horrible.

—Trágico. Sí. Su cuerpo apareció en la orilla
días después, pero jamás encontraron el collar.

—¿Y la maldición? ¿Ha ocurrido?

Rey se encogió de hombros.

–¿Quién sabe si sus deseos se hicieron realidad o no? Es cierto que la familia ha disminuido en los últimos trescientos años, pero eso es lógico, con tantas guerras, mala salud, mala suerte… El abuelo, mis hermanos y yo somos los últimos descendientes de los hijos de la institutriz, y somos la novena generación.

–Honor, verdad y amor. Ésas son las palabras que aparecen en el escudo de la familia, ¿no? –Rina bebió otro sorbo de cava.

–Sí. No sabía que lo habías visto –dijo Rey, asintiendo.

–Lo vi en la puerta de tu despacho, el día que Benedict tuvo el accidente. Supongo que tiene sentido que ella eligiera esas tres condiciones, sobre todo si su amante no cumplió con ellas. Bueno, ¿tú lo has hecho?

–¿Hacer qué?

–¿Has cumplido con las condiciones de la institutriz? ¿Se ha roto ya la maldición?

Capítulo Ocho

Rey se quedó perplejo. ¿Cómo se atrevía a juzgarle así? Mordiéndose la lengua, forzó una sonrisa.

—Bueno, ¿qué te hace pensar que los del Castillo íbamos a vivir de otra manera?

La falsa Sara, Sarina en realidad, hizo girar la copa de cava muy lentamente y lo miró durante unos segundos, como si se estuviera pensando mucho la respuesta.

—Bueno, estaba pensando en lo que dijo la institutriz, en cómo expresó la maldición. Es como si quisiera recordarle los valores de la familia.

—Se había vuelto loca. ¿Quién sabe lo que estaba pensando en ese momento? Bueno, ya basta de historia —Rey se inclinó adelante y la miró fijamente—. ¿Por qué no me cuentas algo de tu familia? No hemos tenido muchas oportunidades de conocernos mejor. Creo que ya es hora de que nos conozcamos un poco mejor, ¿no crees?

La pupilas de Rina se dilataron un instante y entonces volvieron a la normalidad. Rey no tuvo más remedio que reconocer que ella era muy buena; una actriz excelente.

—¿Qué quieres saber?

Él le agarró la mano por encima de la mesa y

empezó a girar el solitario que una vez había puesto en el dedo de su hermana Sara.

–¿Hermanos? ¿Padres? ¿Cómo ha sido tu vida?

Para sorpresa de Rey, ella sonrió.

–Tengo una hermana y también a mi madre. Por lo demás, supongo que no ha sido un camino de rosas. ¿Y qué me dices de ti?

Rey se dio cuenta de que estaba intentando esquivar el tema.

–Oh, tampoco ha sido un camino de rosas –dijo, forzando una sonrisa–. Mis padres murieron en una avalancha hace bastantes años. El abuelo se hizo cargo de todos nosotros cuando no éramos más que unos chiquillos. Creo que eso lo ha hecho envejecer demasiado.

–No lo creo. En todo caso, tener que meteros en cintura constantemente debió de mantenerle más joven y saludable. Y viendo cómo es con vosotros, estoy segura de que no se arrepiente de nada. Siento mucho que hayas perdido a tus padres siendo tan joven.

–Gracias. ¿Y tú? Háblame de tus padres –dijo, dando unos pocos rodeos. No quería preguntarle directamente por la hermana para no ponerse en evidencia.

Ella sonrió y su mirada se volvió distante.

–Mis padres se pasaron toda la vida compitiendo el uno contra el otro. Supongo que visto desde fuera debe de parecer muy raro, pero a ellos les funcionaba. Siempre tenían que ser los mejores en todo. Creo que ésa es la razón por la que nos metieron a mi hermana y a mí en los deportes de competición. Ganar era todo para ellos, en un juego de cartas, en el deporte, en cualquier cosa... A veces trabajaban juntos para ganarle a alguien, y otras competían el uno contra el otro. Las cosas no siempre fueron... fáciles en casa. Bueno, mi padre murió hace un par de años a causa de una neumonía que se complicó. Fue terrible para todas nosotras, pero parece que mi madre ya está empezando a aceptar su muerte. Como él ya no está, se han acabado las competiciones. Se ha tranquilizado bastante y parece que se toma la vida con más calma.

–¿Y tu hermana? ¿Qué hace ahora?

Sarina entreabrió los labios para decir algo, pero entonces titubeó.

–De todo un poco. Estaba prometida, pero las cosas no salieron bien.

Rey pensó que aquello era muy interesante. El artículo de periódico que había leído en Internet decía que aún estaba comprometida.

¿Acaso le estaba mintiendo?

No. Esa vez daba la impresión de estar diciendo la verdad. A lo mejor no había podido sacarle todo lo que quería al pobre tipo con el que se había prometido.

–Lleva dos años trabajando como asistente personal. Básicamente soluciona los problemas de otras personas. Tiene un talento especial para ello. Se le da bien solventar conflictos y calmar los ánimos. Es una especie de aprendiz de todo y oficial de nada, pero creo que está lista para dar un cambio.

–¿Estáis muy unidas?

–Mucho –dijo ella, agarrando la copa de cava, que ya estaba casi vacía.

–¿Más cava? –le preguntó él, pensando que igual le contaba más cosas si estaba un poco ebria.

–Sí, gracias.

En ese momento regresó el camarero, con una selección de tapas especialidad de la casa. Reynard escogió varias y entonces pidió otra copa de cava para Sarina y un vino tempranillo para él.

–Toma. Prueba esto –le dijo él de repente, poniéndole una croqueta contra los labios–. Creo que te gustará.

Ella abrió la boca y él le metió la croqueta, dejando que sus labios se cerraran alrededor de sus dedos un instante antes de retirarlos. Ella lo miró con gesto de sorpresa y entonces su expresión cambió al sentir el sabor de la deliciosa comida.

–Está buenísimo –dijo ella, deleitándose con el sabor–. ¿Qué era?

–Croquetas de gambas.

Rey sintió un gran alivio al verla tragarse el bocado. Verla saborearlo y disfrutarlo era una tortura.

Se sirvió una de las minicroquetas y la probó. Realmente estaba deliciosa. No era de extrañar que ella se hubiera puesto así.

–Te has manchado –le dijo ella de repente–. Justo ahí –estiró la mano y le limpió la comisura de los labios con la yema del pulgar, dejando un rastro de fuego sobre su piel.

Ella se retiró rápidamente; sus ojos estaban un poco nublados. ¿Acaso había sentido lo mismo?

Rey esperaba que así fuera. Se merecía todo el tormento que pudiera darle.

–Gracias –dijo con una sonrisa calculada para tranquilizarla un poco después de aquel roce tan íntimo.

Después derivó la conversación hacia temas más ligeros mientras disfrutaban del resto de las tapas. Ella se tomó otra copa de cava, pero él alargó la suya todo lo que pudo, pensando en la cena en el apartamento. Era importante mantener la cabeza clara cuando estaba con ella. Además, esa noche tendría que llevarla de vuelta a casa, a no ser que lograra persuadirla para que se quedara con él. La idea de sacarle secretos entre las sábanas resultaba tentadora, pero tampoco sabía si ella le seguiría el juego. Sara siempre lo había mantenido a raya. Flirteaba mucho, pero no dejaba que las cosas llegaran más lejos y, por alguna razón, él nunca había sentido el deseo de insistir demasiado, sobre todo porque jamás había tenido intención de llegar hasta el final con aquel compromiso. Con Sarina, en cambio, había una gran diferencia; un impulso incontrolable. Desde el primer momento, había sentido una conexión física que tenía miedo de explorar.

La idea se consolidó en su mente. ¿Sería muy difícil sacarle unos cuantos secretos? Ella no sabía que él estaba al tanto del plan que había urdido en compañía de su hermana.

El sol ya estaba a punto de ocultarse en el horizonte y un ruidoso grupo de gente había entrado en el restaurante.

Se terminó la copa y se puso en pie, tomando la mano de Sarina.

—Vamos. Ya es hora de irnos a casa. Tengo un plan especial para esta noche.

—No sé si me va a caber algo más después de estos deliciosos bocados —dijo ella, agarrando el bolso.

Él esbozó una sonrisa y se inclinó hacia ella, casi rozándole la oreja con los labios mientras hablaba.

—Creo que te haré caer en la tentación. Ya verás.

A pesar de la tenue iluminación del restaurante, Reynard vio el rubor que cubría sus mejillas.

A la salida del bar, él le rodeó el cuello con el brazo, atrayéndola hacia sí. En cuanto puso la mano sobre su brazo desnudo, la sintió reaccionar. La piel se le había puesto de gallina y un escalofrío la sacudía de pies a cabeza.

—¿Tienes frío?

—No —dijo ella en un tono profundo, como si acabara de levantarse.

Él se permitió esbozar una sonrisa de satisfacción, pero no le duró mucho. Él tampoco era inmune a su influencia y el deseo podía convertirse en un arma de doble filo en cualquier momento. Unos diez minutos más tarde ya estaban entrando en el vestíbulo del edificio de apartamentos. Al llegar al último piso, Reynard sacó la llave electrónica y abrió la doble puerta, también decorada con el escudo de la familia. Aquellas palabras poderosas parecían resplandecer. Honor, verdad y amor.

Él siempre se había guiado por aquellos preceptos. Por supuesto que sí. ¿Cómo hubiera podido hacer lo contrario y mantener la cabeza alta?

De repente una voz interior le hizo una pregunta. ¿Y la mentira en la que había vivido con Sara? ¿Podía jurar que había sido sincero con ella? Reynard soltó el aliento. Aquellos pensamientos lo ofuscaban y no tenía tiempo para la introspección en ese momento.

–¿Todo va bien? –le preguntó Sarina de repente.

–Claro –dijo Rey, estrechándola entre sus brazos.

Ella encajaba en él como si llevara años a su lado, y no unos días. Se abandonaba en sus brazos sin reservas ni tensiones. Sentirla contra sí mismo era lo más natural del mundo. Su corazón latía más deprisa y su temperatura subía por momentos. La fragancia de su cabello y el aroma de su perfume tejían un hechizo a su alrededor, nublándole los sentidos. Aunque físicamente fueran idénticas, Sara nunca había ejercido semejante influencia sobre él. Había algo más en Sarina que le llegaba muy adentro.

Le levantó la barbilla con la punta de un dedo y la besó en los labios un instante, apartándola de inmediato. Tenía que poner algo de distancia si no quería perder la cabeza.

–¿Has cocinado tú? –preguntó ella, siguiéndole hacia la cocina.

–Soy capaz de ello, ¿sabes? –dijo él, riéndose y levantando la tapa de una olla que tenía sobre la encimera. Enseguida el rico aroma del cordero con especias que había preparado esa mañana antes de irse al trabajo inundó la estancia.

–Eso huele de maravilla –dijo ella, acercándose y respirando profundamente–. No pensaba que volvería a tener hambre hasta mañana después de las tapas, pero me equivoqué.

–Me alegra oír eso –dijo él, dándole una vuelta a la carne antes de volver a taparla–. Haré el arroz y podremos comer en unos veinte minutos.

–¿Puedo hacer algo para ayudar? ¿Poner la mesa o algo?

–Mejor comemos en la terraza. La bahía está preciosa en esta época del año y cuando el sol se pone totalmente, es todo un espectáculo de luces. Los manteles y los cubiertos están en ese cajón de ahí –le dijo, señalando con la mano–. ¿Quieres una copa mientras esperamos por el arroz?

–Agua. Si tomo más vino, se me subirá a la cabeza.

–Y eso sería muy malo.

Ella se rió un momento y entonces salió a la terraza a poner la mesa. El amplio balcón no tenía muro, sino una pared de cristal grueso que ofrecía una espectacular vista de la ciudad.

–Vaya. La vista es impresionante –dijo Sarina al volver a entrar–. Qué bien que no me dan miedo las alturas, con todos esos cristales.

–Hay gente a la que no le gusta. ¿Seguro que quieres que comamos fuera?

–Oh, claro que sí. No me perdería la puesta de sol por nada en el mundo –dijo ella con entusiasmo.

De repente el teléfono fijo comenzó a sonar. Reynard fue a contestar.

–¡Hola! –dijo y entonces frunció el ceño–. Sí, entiendo –hizo otra pausa–. Bueno, claro que nos las arreglaremos. Asegúrate de que no le falte de nada. Si hay algo que pueda hacer, no dudes en pedírmelo. Cualquier cosa, ¿de acuerdo? Adiós –colgó y entonces se frotó los ojos.

–¿Benedict está bien? ¿Pasa algo?

–No –dijo él, suspirando–. No se trata de Benedict. Gracias a Dios. Pero es algo serio. Mi asistente personal tiene un embarazo ectópico, así que está a punto de entrar en quirófano para ser operada de emergencia. Era su marido. El hombre está muy preocupado. Parece que justo antes de entrar el quirófano ella le pidió que me llamara para avisarme de que mañana no iba a venir a trabajar –dijo él, sacudiendo la cabeza con gesto de sorpresa.

–Parece que se toma su trabajo muy en serio.

–Sí. Así es. Es mi mano derecha en la oficina. No habría podido pasar tanto tiempo en el hospital con Benedict si ella no se hubiera hecho cargo de todo.

–Debes de estar preocupado por ella.

–Sí, pero sé que los médicos de ese hospital son de los mejores. Sé que harán lo que haga falta. No obstante, me temo que se preocupará más de la cuenta por lo de faltar en un momento tan decisivo.

–¿Por qué?

–Nuestra empresa está trabajando en una nueva campaña de publicidad para el complejo turístico y para las bodegas. Ahora tendremos que correr más para sacar adelante el trabajo –dijo él, encogiéndose de hombros y abriendo la nevera.

Sacó vegetales para preparar una ensalada.

–Sin embargo, no hay nada que yo pueda hacer para remediarlo. Tendremos que apañárnoslas como podamos. Carmella tendrá que conformarse con saber que todo va bien.

–¿No tienes una agencia de empleo que te envíe a alguien para cubrir un puesto de menor importancia? Así podrías cubrir su vacante con alguien de confianza que ya trabaje en la empresa, de forma temporal.

–Es una buena idea, pero ya estamos cortos de personal, por ser verano.

–A lo mejor yo podría ayudarte.

Él soltó una carcajada.

–¿Tú? En mi oficina no hay caballos y mis empleados sólo corren cuando yo se lo pido.

–Los caballos no son lo único que se me da bien –dijo ella, levantando la barbilla–. Yo he llevado… Quiero decir que he ayudado a mi hermana un par de veces cuando está hasta arriba de trabajo. A veces no le viene mal un poco de ayuda.

Reynard se dio cuenta de que había estado a punto de revelarle su verdadera identidad, pero decidió seguirle la corriente. Mientras cortaba la lechuga, fingió considerar su ofrecimiento unos segundos. Aquello no podía formar parte del plan porque era imposible que supiera lo de Carmella con antelación. Además, quizá no fuera una mala idea. No podría seguir con aquella farsa las veinticuatro horas del día y probablemente acabaría delatándose a sí misma.

–¿De verdad crees que puedes hacerlo?

–Me aburro mucho en casa, Rey. Dame una oportunidad. Si lo hago mal, puedes echarme –dijo, encogiéndose de hombros.

Él asintió lentamente.

–Muy bien. Empiezas mañana. Serás mi asistente de forma temporal. Pero tengo que advertirte que soy un jefe de lo más duro.

–Muy bien –dijo ella–. Me gustan los desafíos.

Reynard sonrió para sí. No sería un desafío, sino una prueba de honestidad y verdad. La pondría a prueba… a su manera.

Capítulo Nueve

¿Un desafío? Rina hubiera querido tragarse las palabras antes de que salieran de su boca. ¿En qué estaba pensando? ¿Trabajar con él? Sara jamás hubiera hecho algo parecido, y mucho menos cuando se suponía que estaba de vacaciones.

–¿Cuándo empiezo? –le preguntó, consciente de que ya no había vuelta atrás.

–¿Mañana por la mañana? –le dijo Reynard.

Su expresión permanecía inalterable, pero ella vio algo en sus ojos que le decía que en realidad quería que se echara atrás.

–De acuerdo. ¿Cómo voy a la oficina?

–Buena pregunta. Lo mejor sería que te quedaras aquí.

Una vez más Rina tuvo la impresión de que él la estaba observando, preparado para interpretar su respuesta.

–Podría ser, o también podría alquilar un coche.

Él arrugó los párpados.

–¿Estás segura? ¿Seguro que quieres conducir por el centro, en el lado opuesto de la calle?

–Estoy segura de que me acostumbraré pronto. Ya he conducido en otros sitios de Europa.

Él asintió con la cabeza, pero Rina notó que la idea no le hacía mucha gracia.

–No tendrás que alquilar un vehículo. Seguro que hay un coche de sobra en uno de los garajes del castillo. Llamaré a Alex a ver qué hay, si estás decidida a conducir.

–Sí. Gracias.

–Te gusta ser independiente, ¿no?

–Dentro de unos límites.

La idea de quedarse en su casa resultaba de lo más tentadora, pero ella no era su prometida y no podía traicionar la confianza de su hermana. Además, por algún motivo, Sara había mantenido las distancias entre ellos.

Rey se volvió para mirar el arroz que tenía al fuego.

–Ah, la cena está lista. ¿Quieres sacar la ensalada y el aliño? Yo llevaré los platos.

Rina hizo lo que le pidió y él salió unos segundos después, con los platos en la mano. Comieron en silencio y después contemplaron la hermosa puesta de sol.

–Ahora entiendo por qué escogiste este lugar –comentó ella–. Es como si el cielo reflejara las luces de la ciudad.

–Sí. Nunca me canso de ello. Al principio me preguntaba si vería las estrellas por la noche desde aquí, pero se puede ver todo si lo buscas.

Rina le lanzó una mirada. ¿Acaso había algún doble sentido en aquella frase?

–Por cierto –añadió él–. Me tomé la libertad de

llamar a Alex mientras preparaba el café. Te traerán un coche mañana por la mañana.

–Gracias. ¿Me enseñarás adónde tengo que ir antes de llevarme a casa?

–Sí. Y podemos pasarnos por mi despacho un momento. Así te doy una tarjeta para el garaje subterráneo. Bueno, ¿nos vamos ya?

–Sí. No es buena idea hacer trasnochar a la ayudante –dijo ella, sonriendo.

Rey soltó una carcajada y sacudió la cabeza.

–¿Eso es lo que eres para mí ahora? ¿Una ayudante? ¿No te basta con ser mi prometida?

–No quería ofenderte.

–No me has ofendido –dijo él, tomándola de la mano y ayudándola a levantarse–. Pero, para que lo sepas, esto lo tengo muy claro. Me encantan los romances en el trabajo.

La tomó en brazos y le dio un beso inesperado. Sus labios sabían al café afrutado que acababa de tomarse. Mientras la besaba, Rina perdió la razón. Le rodeó el cuello con ambos brazos y se apretó contra él. Una ola de deseo abrasador le recorrió el cuerpo, manando de su ser como un aura incandescente. Una agradable sensación húmeda se acumulaba en su entrepierna; su piel se volvía cada vez más sensible, pidiendo más y más, deseando sentir las caricias de Reynard. Como si la hubiera oído, él deslizó las manos sobre ella hasta abarcar sus pechos con ambas manos, y entonces ella gimió, echándose hacia atrás y apretando los pezones contra las palmas de sus manos. Él se movió un poco y, al sentir la presión de su potente miembro viril, ella gimió. Levantó una pierna y la enroscó alrededor de la cintura de Rey, ladeando la pelvis y frotándose contra él una y otra vez. Entonces él la agarró del muslo con firmeza y un momento después rompió el beso.

—Para —le dijo, apoyando la frente contra la de ella.

Ella se apartó de inmediato.

—No… No debería haber…

La mano de Rey todavía seguía sobre su muslo y, deslizándola hacia arriba, la agarró del trasero y tiró de ella.

—No puedo. No debería haber reaccionado así. No debería haberte… alentado… —dijo ella, avergonzada.

—Tú no me has alentado —contestó él suavemente—. Has reaccionado con espontaneidad, igual que yo.

Rina cayó en la cuenta de que ésa debía de ser la única cosa que había hecho con sinceridad desde que había comenzado con aquella farsa.

—Lo siento.

—No. No te disculpes. Hay una chispa especial entre nosotros. Si no podemos ser sinceros con eso, ¿entonces con qué si no?

Cada una de esas palabras cayó como un lastre sobre el corazón de Rina. Si las circunstancias hubieran sido otras, habría podido explorar aquella chispa tan especial, pero la realidad se imponía. Si las circunstancias hubieran sido diferentes, habría sido Sara quien estuviera en sus brazos en ese momento… En sus brazos o en su… cama.

Rina se zafó de él y lo miró a los ojos.

–Por favor, quisiera irme ahora. Gracias por esta noche tan estupenda. Gracias por todo.

Él esbozó una pequeña sonrisa teñida de arrepentimiento y entonces agarró las llaves del coche.

–Por todo no, ¿verdad?

–No, por todo no, pero la culpa es mía, no tuya –dijo ella, esbozando una triste sonrisa.

–No hay ninguna culpa aquí, querida.

El silencio se dilató durante todo el viaje en coche. Las oficinas de la empresa estaban al otro lado de la ciudad. Para cuando llegaron al aparcamiento, Rina apenas podía mantener los ojos abiertos después de tanto estrés.

–¿Quieres subir conmigo, o prefieres esperar en el coche mientras busco la tarjeta?

–No. Estoy bien. Iré contigo. Así sabré dónde tengo que ir mañana.

Subieron hasta la última planta y Rey la hizo entrar en su despacho privado. Por segunda vez esa noche, Rina contempló el escudo de la familia y entonces se acordó de la mentira en la que estaba inmersa. De repente sintió una punzada de envidia hacia su hermana que no pudo evitar, por mucho que supiera que no estaba bien. Deseaba lo que Sara tenía; lo deseaba con todo su ser.

Rey no tardó en encontrar una tarjeta.

–Esta tarjeta te dará acceso al sótano del edificio desde el ascensor.

–Gracias –dijo ella, tratando de ignorar la descarga eléctrica que la había sacudido al sentir el roce de sus dedos.

–Te enseñaré dónde trabajamos. Ven conmigo.

Atravesando la recepción, Rina lo siguió a lo largo de un amplio corredor que daba acceso a muchos despachos de distintos tipos. Al final el pasillo se ensanchaba hasta convertirse en una segunda recepción. Allí había un buró y un ordenador justo a la entrada de otro despacho. Reynard abrió las puertas y Rina sintió que estaba entrando en el santuario de un rey del Medioevo. Él encendió la luz y ella creyó haber dado un salto en el tiempo. El minimalismo de su apartamento nada tenía que ver con el esplendor decadente de aquel despacho, vivo reflejo de la ostentación del viejo mundo. Sobre el inmenso escritorio había una buena cantidad de documentos y también un ordenador de pantalla plana. El contraste entre el orden de su apartamento y el caos de su lugar de trabajo la tomó por sorpresa. La mayoría de la gente hacía lo contrario.

Rina fue hacia la ventana y contempló las luces de la ciudad. Se veía el puerto en la distancia, pero en realidad sentía que podía atisbar el mundo entero desde allí.

De repente sintió una ola de calor en la espalda. Rey estaba muy cerca, justo detrás de ella. Podía ver su reflejo en el cristal de la ventana. Cerró los ojos momentáneamente. No quería mirarlo demasiado.

Una mano cálida se posó sobre su hombro y entonces le apartó el cabello, dejándole el cuello al descubierto.

Rina abrió los ojos justo a tiempo para ver cómo el hombre reflejado en el cristal la besaba en el cuello.

—Es una vista maravillosa, ¿verdad? —le dijo él en un susurro y entonces volvió a besarla.

Ella se dejó llevar por la intensidad del momento que tanto había anticipado y entonces sintió su mano en el muslo, subiéndole la falda, posándose en el centro de su feminidad, rozándola con sutileza, sin entretenerse lo suficiente como para darle el placer que buscaba con desesperación.

Rina contempló el reflejo de la ventana. Aquel hombre del reflejo había apartado el húmedo tejido de las braguitas de la mujer y entonces frotaba sus dedos contra ella. Era como si le estuviera ocurriendo a otra persona. La mujer del reflejo no era ella, sino...

—¡Para!

Rey se detuvo de inmediato.

—¿Por qué? Puedo sentirte, puedo sentir todo tu cuerpo. Estás tan cerca —le dijo en un mero susurro—. Déjame hacerte un regalo. Deja que te lleve a lo más alto. Nunca te haría daño. Confía en mí.

—No, por favor. No puedo —dijo ella, sacudiendo la cabeza una y otra vez, sintiendo el picor de las lágrimas en los ojos.

Aquel dolor era una tortura y una delicia al mismo tiempo.

—Por favor. Déjame —le dijo en un tono de súplica.

Aquellas palabras tuvieron un efecto fulminante. Él dejó de acariciarla, dejó caer las manos y se apartó de ella.

Rina se dio la vuelta, sin atreverse a mirarlo a los ojos.

–Lo siento mucho –le dijo, subiéndose las braguitas–. No debería haber dejado que las cosas llegaran tan lejos. No eres tú, en serio. Soy yo. Yo… –no terminó la frase. No sabía qué decir.

Reynard se apoyó contra el respaldo de uno de los sofás y la miró fijamente. Ella no se atrevía a mirarlo a la cara, temerosa de los interrogantes que sin duda encontraría allí.

–¿Podemos irnos? –le preguntó ella.

Él no dijo ni una sola palabra. Se limitó a asentir con la cabeza y la invitó a salir del despacho con un gesto.

Mientras caminaba por el pasillo, Rina trató de poner orden en sus caóticos pensamientos. No podía dejar que aquello volviera a repetirse. Había estado a punto de sucumbir y todavía seguía deseándole con todas sus fuerzas.

Abrumada, no pudo reprimir un pequeño suspiro de desesperación. ¿Cuándo volvería Sara a aquella olvidada isla del Mediterráneo? En ese momento lo que más deseaba era escapar de allí cuanto antes y retomar su vida donde la había dejado. Su vida… ¿Pero qué vida? En casa no la esperaba nada. Todos sus sueños e ilusiones yacían rotos en el suelo, hechos añicos.

Ya era hora de empezar de nuevo. No podía dar ni un paso atrás, sino todos adelante. Sin embargo, su lugar tampoco estaba junto a ese hombre. Ésa era la vida de Sara, no la suya.

Capítulo Diez

Rey no dijo ni una palabra durante todo el trayecto. Su cuerpo la deseaba con locura y todavía tenía el sabor de su piel en los labios. Había querido ponerla a prueba para ver hasta dónde era capaz de llegar, pero ese juego era un arma de doble filo. La miró de reojo. Su rostro no revelaba agitación alguna, pero había tensión en sus ojos. Tenía las manos cruzadas sobre el regazo y, a pesar de la oscuridad que reinaba en el habitáculo del coche, él sabía que tenía los puños cerrados. ¿Acaso huiría de él? ¿Estaría dispuesta a terminar con aquella farsa? Una parte de él deseaba terminar con aquella amenaza de una vez, pero, por otro lado, estaba deseando averiguar hasta dónde sería capaz de llegar Sarina Woodville. Además, tampoco podía dejarla ir así como así. El abuelo estaba recuperándose y no quería darle un disgusto más, no con Benedict todavía en el hospital.

De repente pensó que no debería haberle dado un coche. Así gozaría de demasiada libertad y no podría tenerla controlada en todo momento. A lo mejor, haciendo uso de sus poderes de persuasión, conseguiría convencerla para que se quedara en su apartamento; en habitaciones separadas, si ella insistía.

Sí. Tenía que andarse con pies de plomo. No obstante, mantener aquella farsa ya le estaba pasando factura y sólo era cuestión de tiempo que cometiera un error. De hecho, esa misma noche había estado a punto de revelarle su verdadera identidad.

Sería interesante trabajar con ella, verla desenvolverse en la maquinaria publicitaria de la empresa. Sarina se había convertido en un desafío que resultaba de lo más estimulante. Tenerla cerca, en su mismo despacho, en la estancia donde un rato antes había estado a punto de capitular... Con sólo pensar en ello, sentía un excitante escalofrío.

Sí. Todavía estaba al mando de aquella situación. Era él quien llevaba la voz cantante en aquella función, aunque ella no lo supiera. Estiró una mano y la puso sobre la de ella. Ella se sobresaltó.

–No muerdo, ¿sabes? –le dijo suavemente, esbozando una media sonrisa–. Lo que ha ocurrido esta noche es culpa mía. Todo. Me pasé de la raya y no cumplí con las condiciones que pusimos cuando nos comprometimos. Sería injusto por mi parte esperar más de ti de lo que puedes darme.

–Gracias –dijo ella suavemente, sin apartar la vista de la ventanilla.

No obstante, Reynard notó que sus palabras habían hecho efecto. Ella se estaba relajando un poco. Cuando llegaron a la casa de campo, la acompañó a la puerta y le dio un beso fugaz en la mejilla.

–Te veo mañana, ¿a las ocho y media?

–Sí. A la hora que me necesites.

–A las ocho y media está bien –bajó las escaleras–. ¿Seguro que podrás ir sola mañana por la mañana? El centro es un caos a esa hora.

–Me las arreglaré. Pero si me pierdo, te llamo.

–No dejes de hacerlo. No quiero perderte, querida.

No podía llamarla Sara después de haber descubierto que era otra persona.

–Y no me perderás –dijo ella–. Buenas noches.

Él levantó un dedo y le acarició la mejilla.

–Que tengas dulces sueños.

Esperó a que ella cerrara la puerta y entonces regresó al coche. Se abrochó el cinturón de seguridad y salió a toda velocidad. El deportivo voló de regreso a Puerto Seguro. Sin embargo, el placer de correr por la autopista no le dio la satisfacción que deseaba esa noche.

Lujuria. Lo que sentía por ella no era más que lujuria. Nunca sería nada más que eso.

Rina salió del ascensor y avanzó hacia la puerta del despacho de Rey. Lo único que quería en ese momento era dar media vuelta y salir corriendo, pero no podía hacerlo. La noche anterior había cometido muchos errores estúpidos y, después de pasar una horrible noche en vela, no estaba en las mejores condiciones para empezar en un nuevo empleo, por mucho que fuera temporal.

Al entrar en el despacho principal, se encontró con la afable sonrisa de la recepcionista.

–Buenos días, señorita Woodville. ¿Cómo se encuentra esta mañana?

–Muy… Muy bien. Gracias. ¿Voy al despacho del señor del Castillo directamente?

–Sí, adelante. ¿Le apetece un café?

–Un té, por favor, si no es mucha molestia. Sin leche ni azúcar, por favor.

–Se lo llevo enseguida.

Rina le dedicó una sonrisa y siguió adelante por el pasillo, rumbo al despacho de Rey. Al llegar junto a la puerta vaciló un instante, llamó con unos leves golpecitos y entró por fin.

Él estaba junto a la ventana, en el mismo lugar donde la noche antes se habían acariciado de la forma más íntima. De pronto él se dio la vuelta y esbozó una media sonrisa; una sonrisa de complicidad, recordándole así todo lo ocurrido unas horas antes.

–Veo que ayer dormiste tan poco como yo –le dijo él, cruzando la habitación y besándola en la mejilla.

–Anoche tenía muchas cosas en la cabeza –dijo ella.

Él le lanzó una mirada sesgada.

–¿Qué tal está tu secretaria? –le preguntó, recordándole el motivo de su presencia.

–Muy bien. Descansando y tratando de asumir la pérdida de su bebé. No podrá incorporarse de inmediato.

–Lo siento. Perder un hijo debe de ser horrible.

–Sí. Le dije a su marido que no tenga prisa por volver. Él también está muy afectado.

Rey se quitó la chaqueta del traje gris que llevaba puesto y la arrojó sobre el respaldo del butacón más próximo. Rina trató de no mirarlo y fue a sentarse en otro butacón.

–Bueno, tu primer día de trabajo con nosotros. Creo que en lugar de tenerte aquí encerrada toda la mañana, lo mejor es que te lleve a conocer las bodegas. Después vamos a comer y damos una vuelta por el complejo turístico esta tarde.

Rina sintió un gran alivio. Dar un paseo por las instalaciones era una gran idea, sobre todo porque estarían rodeados de gente.

–Estupendo. Gracias.

De repente se oyó un golpecito en la puerta y entonces entró la recepcionista con una bandeja. En ella había una taza de café para Rey y el té que Rina le había pedido.

–Gracias, Vivienne –le dijo Rey.

La mujer dejó la bandeja sobre la mesa que estaba junto a la ventana.

–De nada, señor del Castillo. He reorganizado su agenda de hoy y le he dicho al gerente de las bodegas que se pasarán por allí a las diez y media. También le he reservado una mesa en el restaurante del complejo para las dos. Espero que no sea demasiado tarde.

–No, está bien así. Tendremos tiempo suficiente para ver las bodegas y comentar la situación actual.

–¿Necesita algo más?

–No. Gracias, Vivienne.

La recepcionista se marchó y los dejó a solas

otra vez. Rina se entretuvo sirviéndose el té y be- biendo un sorbo. Al volver a poner la taza sobre el platito, la dejó caer con un pequeño estruendo. Las manos le temblaban demasiado.

Rey la miró fijamente.

—¿Todavía me tienes miedo? —le preguntó, le- vantando una ceja.

—A decir verdad me da más miedo lo que sien- to cuando estoy a tu lado.

—Bueno… —dijo él, sorprendido—. Gracias por tu sinceridad —agarró la taza de café y bebió un buen sorbo.

Rina lo observaba, embelesada, deleitándose con el sutil movimiento de los músculos de su cue- lo al beber el rico brebaje; la ligera humedad de sus labios.

—Lo que dije anoche lo dije de verdad. Me pasé de la raya.

—No me hiciste nada que yo no quisiera en ese momento —dijo Rina—. Pero sí quiero que nos que- de claro a los dos que no deseo explorar lo que hay entre nosotros más allá de lo que siento en este momento. Sé que estamos… prometidos y para la mayoría de las parejas sería perfectamen- te normal… —gesticuló con la mano, incapaz de plasmar en palabras las imágenes que se sucedían en su memoria—. Bueno, creo que deberíamos to- márnoslo con más calma. ¿No crees?

Rey la miró fijamente un instante.

—No quiero hacer nada que ponga en peligro nuestro compromiso, así que me parece bien.

–Bien –dijo ella y entonces sonrió, aliviada–. Bueno, ¿por qué no me hablas de las bodegas? ¿Son muy antiguas? ¿Exportan fuera? ¿Organizáis eventos de cata de vino?

Él se rió y levantó una mano.

–Las preguntas, una a una, por favor. Creía que se te daba bien escribir a máquina y solucionar problemas, pero ahora pareces toda una profesional en el tema.

Rina sintió un escalofrío. Otra vez había estado a punto de delatarse a sí misma. Por mucho que intentara evitarlo, no hacía más que cometer el mismo error una y otra vez. A partir de ese momento tenía que ser más cuidadosa.

–Supongo que se me han pegado más cosas de mi hermana de las que creía –dijo ella, cruzando los dedos.

–De acuerdo. Te pondré al día por el camino. Termínate el té y nos vamos.

Cuando llegó a casa esa noche Rina estaba agotada y encantada. Le había costado mucho esconder los conocimientos de los que estaba tan orgullosa, pero lo había conseguido. Tenía la mente llena de ideas y proyectos innovadores para mejorar el complejo turístico de la familia del Castillo y promocionar sus exquisitos caldos.

Ya en el dormitorio, volvió a activar el timbre del teléfono y lo metió en el bolso. Se puso ropa cómoda y trató de refrescarse un poco abriendo ventanas. Después del fresco habitáculo del coche de Rey, la casa de campo parecía una sauna.

Se sirvió una copa del delicioso vino que había probado ese día y salió al porche trasero. A lo lejos se divisaban los acantilados y se oía el susurro de las olas; un susurro que evocaba ecos del pasado. No muy lejos se erigía el flamante castillo de la familia de Reynard. ¿Dónde había ido a parar la institutriz? ¿Acaso había caminado hasta su humilde casa de campo aquel aciago día?

De repente un extraño sonido la sacó de su ensoñación. Era su Blackberry, sonando sin parar.

—¿Hola? ¡Sara! Por favor, dime que eres tú.

Una risotada le llenó los oídos.

—Hola, hermanita. ¿Cómo lo llevas? ¿Lo tienes todo bajo control?

Rina sintió un gran alivio. Sin embargo, su mente bullía con mil preguntas que necesitaban una respuesta.

—¿Cuándo vuelves?

Silencio.

—¿Sara?

Sara suspiró.

—No lo sé, Rina. Las cosas no han salido como esperaba. No puedo volver todavía. Todo está en el aire.

—¿Qué está en el aire? —le preguntó Rina, impaciente—. Tienes que decirme algo. Me estoy volviendo loca. Lo que me has pedido que haga, no es justo. Y tampoco lo es para Rey.

—Oh, Rey… No te preocupes por él. Es un buen jugador. Se las sabe todas.

—Pero no se trata de eso, Sara. Estoy viviendo una mentira, por ti. No sé cuánto tiempo podré aguantar.

—Por favor, no digas nada todavía. Prométemelo, Rina. A partir de ahora estaré en deuda contigo para siempre, y te lo contaré todo tan pronto como pueda. Tú me conoces bien. Pero no quiero precipitarme. No quiero que todo me explote en la cara.

Rina perdió la poca paciencia que le quedaba.

—¿Y cuándo tienes pensado decirme qué pasa? Lo digo en serio, Sara. No puedo seguir con esto. Puedo delatarme en cualquier momento, sobre todo ahora que estoy trabajando con él.

—¿Que estás haciendo qué?

—Ya me has oído.

Le explicó todo lo ocurrido con la secretaria de su prometido.

—Le ofrecí mi ayuda. Tuve que hacerlo. Ya me conoces.

—¡Vaya! ¿Y qué tal se me da lo de trabajar en una oficina?

—No tiene gracia. Y lo sabes. ¿Cuándo vuelves?

—No… No lo sé. En una semana, quizá.

—¿Estás bien? No te has metido en ningún lío, ¿verdad? A lo mejor debería irme para allá.

—¡No! No puedes. No hay nada que puedas hacer por mí aquí. Necesito que estés allí. Te compensaré por ello, hermanita. Te lo prometo.

Rina asió el teléfono con fuerza y contó hasta diez.

–Muy bien. Te doy una semana. Después le digo la verdad.

–Yo misma se la diré. Lo prometo. Lo haré, en cuanto vuelva.

–Una semana, Sara. Ése es el plazo que te doy.

–Lo sé. Tengo que irme. Te quiero, Rina, y gracias. Me estás salvando la vida.

–Eso es precisamente lo que más me preocupa. ¿Es algo serio?

–Sólo era una broma. Todo está bien. Como te he dicho, te lo diré todo cuando regrese. Ahora tengo que irme.

Sara le lanzó unos cuantos besos y entonces colgó, dejándola con la palabra en la boca, frustrada e impotente. Un rato antes pensaba que hablar con su hermana la haría sentirse algo mejor consigo misma respecto a la decisión de seguir adelante con la farsa. Sin embargo, lo que sentía en ese momento no era más que confusión.

De hecho, ni siquiera sabía si su hermana amaba a Rey de verdad. ¿Qué le había dicho de él?

«Es un buen jugador. Se las sabe todas…»

¿Qué quería decir con todo aquello? ¿A qué se refería exactamente?

Rina arrojó el teléfono sobre la cama y volvió a salir al porche posterior. Por lo menos había conseguido fijar una fecha para terminar con todo aquello. Una semana y entonces volvería a ser Sarina Woodville.

¿Pero y lo que sentía por Rey? ¿Cuál era esa decisión tan importante que Sara tenía que tomar?

¿Realmente iba a ser capaz de pasarle el relevo a su hermana para que retomara su relación con Rey donde ella la había dejado?

No.

¿Y cómo iba a contarle lo que sentía por su prometido? ¿Cómo iba a decirle que se había enamorado de Reynard del Castillo.

El eco de aquel pensamiento retumbó en su cabeza, pero Rina lo negó una y otra vez. No podía estar enamorada de él. Las cosas no ocurrían tan deprisa. Sólo llevaba dos semanas en la isla y el amor necesitaba tiempo para crecer. Sin embargo, lo que había entre Rey y ella era un volcán, una reacción explosiva que nunca antes había experimentado.

Agarró la copa de vino, se lo terminó de un sorbo y se sirvió otra más. Necesitaba olvidarse de todo; necesitaba borrar a Reynard del Castillo de su mente… y de su corazón.

Capítulo Once

Rey trató de ignorar el aroma del cabello de Sarina; la forma en que le caía por el hombro cuando se inclinaba para explicarle algo… No podía creerse que llevaran una semana trabajando juntos; una semana entera sin tocarla, sin besarla en los labios…

Aquello estaba resultando más difícil de lo que había esperado, sobre todo ahora que sabía cómo respondería ella. Ya llevaba varios días en esa tensión y su buen humor de siempre había dado paso a una irritabilidad que no pasaba desapercibida para los empleados. Era evidente que culpaban a Sarina del cambio y por ello habían empezado a tratarla con cierta frialdad. En otras circunstancia hubiera zanjado el problema drásticamente, pero aquella situación estaba muy lejos de ser normal.

Ella seguía adelante con su obra de teatro. Incluso había llegado a decirle que había hablado por teléfono con su supuesta hermana Sarina para pedirle algo de consejo sobre la nueva campaña antes de presentarle la propuesta. Sin embargo, sus conocimientos no tenían nada que ver con los de su hermana. Ella tenía una capacidad para ver los detalles más pequeños de la que Sara carecía.

Reynard se obligó a prestar atención a lo que le decía.

–Ya ves. Si ponemos el bar de tapas cerca del área de la piscina del complejo, eso impedirá que los huéspedes salgan mucho. Así no se escaparán en busca de comidas ligeras, pero tampoco afectará a los restaurantes a la carta. Además, este bar también resultará muy atractivo para los más jóvenes. Creo que tienes que diseñar ofertas para el grupo de edades entre los veinticinco y los treinta y cinco. Ésos tienen unos ingresos respetables y se sentirán más atraídos por la idea de unas vacaciones confortables, en lugar de viajes al extranjero, que es lo que atrae a la mayoría de jóvenes entre dieciocho y veinticinco. Además, así revitalizarás un poco la dinámica del complejo turístico y muchos de ellos volverán dentro de unos cuantos años con una buena oferta dirigida a familias.

–Eso suena bien. A ver qué dice el resto de la familia esta noche. También puedes presentarle tus ideas sobre las bodegas.

–Al resto de la familia… ¿Eso incluye a Benedict? –preguntó Rina, levantando la vista del informe.

–Sí. Alex le recogió hoy del hospital y lo llevó al castillo. Todavía no está en condiciones para irse a casa. Además, los paparazzi no dejan de molestar.

Cuando la noticia del accidente se había filtrado a la prensa, los paparazzi habían caído sobre ellos como moscas y la mayoría se agrupaba a las puertas de la casa de Benedict, en las montañas. Esos periodistas estaban dispuestos a hacer cualquier cosa por conseguir una buena foto de su hermano, con cicatrices que marcaran el que ellos llamaban un cuerpo perfecto.

Si hubieran sabido que las cicatrices que buscaban no eran nada comparado con lo que Benedict les había dicho la noche antes de su salida del hospital... Ben había insistido en que no le dijeran nada al abuelo, sobre todo para que no empezara de nuevo con lo de la maldición.

Poco después del matrimonio de Loren y Alex, los medios lo habían sacado a la luz y habían extraído sus propias conclusiones respecto al accidente. Por tanto, si además descubrían que su hermano se había quedado estéril a causa de las heridas, nadie sabía hasta dónde serían capaces de llegar.

–Pero acaba de salir del hospital. ¿Seguro que podrá con una cena familiar?

El regreso de Benedict había sido un gran alivio para toda la familia. Sin embargo, las cosas no habían vuelto a ser como antes. Su hermano estaba mucho más tranquilo y callado. El abuelo no dejaba de decir que un hombre que hubiera visto la muerte cara a cara necesitaba tiempo para reflexionar y darle un nuevo rumbo a su vida, pero tanto Alex y Reynard sabían lo que ocurría en realidad. Benedict siempre había dicho que no quería tener hijos. Sin embargo, ver cómo el destino le arrebatada esa elección era muy duro. Además, se negaba rotundamente a considerar la idea de casarse. ¿Quién iba a quererlo? Ése era su argumento. A su modo de ver, un hombre que no podía darle hijos a su esposa no era un hombre. Tanto Alex como Reynard habían intentando convencerlo de lo contrario, pero no habían tenido mucho éxito.

De haberse encontrado en la misma situación, Rey hubiera sentido lo mismo. Sin embargo, no podía evitar sentir un profundo dolor por su hermano pequeño, sobre todo cuando veía sus ojos apagados, llenos de frustración y rabia.

–Le hará bien volver a la normalidad cuanto antes. Si se cansa, puede irse a su casa. Además, por primera vez desde el accidente, tendrá algo de qué preocuparse que no sea su recuperación.

–Sí. Te entiendo –dijo Rina–. Bueno, espero que le guste lo que hemos preparado.

Rina se miró en el espejo por enésima vez. No sabía por qué estaba tan nerviosa. Todo el mundo había sido muy amable con ella, sobre todo Aston del Castillo, que estaba encantado con el compromiso de su nieto. Además, según había quedado con Sara, sólo tendría que mantener la farsa un día más, dos a lo sumo. Con sólo pensar en ello sentía un alivio inefable. Mantener las apariencias y controlar la atracción magnética que sentía por Rey le habían pasado factura. Se miró en el espejo una vez más. El maquillaje no podía ocultar los estragos de tantas y tantas noches en vela. Incluso cuando lograba dormir, sus sueños estaban llenos de instantáneas en las que se veía en aquel despacho, en los brazos de Rey.

De pronto oyó el ruido del potente motor del coche de Rey. En cuanto el sonido cesó, el corazón le dio un vuelco, las pupilas se le dilataron y las mejillas se le enrojecieron. ¿A quién trataba de engañar? Lo que sentía por Rey era auténtico, dolorosamente real. Cerró los ojos y trató de esconderse de la verdad que veía reflejada en el cristal. Podía hacerlo. Había llegado muy lejos y no podía echarlo todo a perder a esas alturas. Un par de días más no la matarían. Fue hacia la puerta y abrió.

–Buenas tardes –dijo Rey.

Rina se quedó sin aliento. Estaba impecablemente vestido con un traje negro y una camisa de seda color crema. Todavía tenía el pelo húmedo y se lo había retirado de la frente, revelando así unos rasgos inteligentes y unos magníficos pómulos que le daban un porte mayestático.

Rey, por su parte, la miró de arriba abajo, recorriendo cada centímetro de su cuerpo. Para la ocasión había elegido el único vestido de gala que su hermana Sara guardaba en su armario; uno color ciruela que realzaba sus curvas femeninas sin insinuar demasiado. Como el top de la pieza llevaba ballenas y la espalda al descubierto, había decidido prescindir del sujetador y, al ver la intensa mirada de Rey, sintió como se le endurecían los pezones por debajo de la sedosa tela. De repente él se inclinó hacia delante y Rina pudo oler el sutil aroma de su perfume. Su expresión permanecía impasible, pero sus ojos contaban una historia muy diferente.

–Creo que deberíamos irnos directamente al castillo, ¿no?

–¿Vamos mal de tiempo? –preguntó ella.

–No, pero si nos quedamos aquí un minuto más llegaremos tarde.

Rina se sonrojó violentamente.

Eso era lo más cerca que había estado de romper su palabra, después de la última vez que habían sucumbido a sus impulsos.

–Entonces será mejor que no perdamos más tiempo –dijo ella, forzando una sonrisa.

El viaje en coche fue corto y, en cuestión de minutos, llegaron a las inmediaciones de la mansión.

–Es un caserón impresionante –dijo Rina cuando atravesaron el portón que delimitaba la propiedad.

–Imponente, ¿verdad?

–Creo que la palabra se queda corta –dijo ella, admirando las almenas iluminadas.

–Sí. La gente suele reaccionar así –dijo Rey entre risas.

–Debes de estar muy orgulloso de tu estirpe.

–Sí. Todos lo estamos. Haríamos cualquier cosa por proteger a los nuestros. Cualquier cosa.

Rina sintió una punzada de advertencia. ¿Acaso era su imaginación o aquellas palabras iban dirigidas especialmente a ella?

Un momento después, él le lanzó una sonrisa radiante, ahuyentando así sus temores.

–Vamos. Si el exterior te parece impresionante, espera al ver el resto.

Rodeó el capó, le abrió la puerta del acompañante y la ayudó a bajar. Rina se lo agradeció profundamente. Los taconazos que había encontrado entre los zapatos de su hermana eran demasiado altos para ella.

Poniéndole la mano al final de la espalda, la condujo por las escaleras que llevaban a la puerta principal del castillo. En cuanto llegaron frente a ella, la puerta se abrió.

–Buenas noches, señorita y señor Reynard –dijo el mayordomo–. Por favor, entren. Todos los esperan en el salón.

Rina miró a su alrededor con los ojos como platos. Rey tenía razón. Aquello era sencillamente grandioso. Una enorme escalinata de mármol subía a lo largo de una pared llena de retratos familiares. Incluso desde lejos podía ver el parecido con Rey.

–Tengo suerte. Salí a la familia de mi madre –le dijo él al oído.

Rina se rió.

–¿Suerte? No creo que tus hermanos opinen lo mismo.

Avanzaron por el amplio corredor hasta llegar a un arco que delimitaba otra estancia. Al otro lado se oían voces que conversaban animadamente. Cuando entraron en el salón, Loren se puso en pie y tomó las manos de Rina antes de darle un beso en la mejilla.

—Me alegro mucho de que hayas venido esta noche. Ahora somos una familia completa. Ven y siéntate a mi lado. Así podrás contarme qué has estado haciendo desde que nos vimos por última vez. He oído que Rey te tiene como una esclava en la oficina.

Rina sintió una punzada de culpa. ¿Una familia completa? Era Sara quien debería haber estado allí esa noche, y no ella. Forzó una sonrisa y dejó que Loren la llevara junto a los otros.

De alguna forma logró entablar una conversación acerca de su trabajo en la oficina y dejó que él derivara el tema hacia los cambios que tenían pensado hacer en el negocio. Esto desencadenó un animado debate entre Alex y Rey durante el que este último expuso todas las ideas que había desarrollado con la ayuda de Rina. Al final Alex estuvo de acuerdo con todo lo que habían planeado.

—Bueno, veo que tienes un talento escondido, Sara —le dijo Alex directamente—. A lo mejor deberías quedarte en la oficina con Rey. No le vendría mal una perspectiva fresca de las cosas.

—Si no supiera que me quieres mucho, hermano, te haría pagar muy caro esa afirmación —dijo Rey en un tono bromista, salvando a Rina de tener que contestar.

—¿Y qué pasa con las bodegas? Imagino que también tienes buenas ideas en ese sentido —dijo Benedict, uniéndose a la conversación.

Rina se dio cuenta de que estaba muy pálido. Tenía la mirada cansada y caminaba con la ayuda de un bastón.

–Adelante –dijo Rey, al ver cómo lo miraba Sarina–. Cuéntale todas las ideas que tienes. Aunque debo advertirte que no será tan fácil de convencer como éste de aquí –añadió, mirando a su hermano Alex.

Alex resopló.

Rina trató de reprimir una sonrisa, pero no pudo. Estar allí, rodeada de toda la familia, era una delicia. Había un profundo cariño y respeto entre ellos que hacía honor a la leyenda del escudo de la familia del Castillo.

Rey cruzó la habitación, sirvió una copa de uno de los exquisitos vinos de Benedict, y se la llevó a Rina.

–¿Podrías traer la botella también? –le pidió ella, volviéndose de nuevo hacia Benedict.

Rey se la llevó.

–Creo que el punto de partida… –dijo ella, girando la botella hasta poner la etiqueta de frente–. Es tener un sentido de unidad con la marca del Castillo. Es algo que debéis tener con todos los negocios de la empresa. En la oficina, en la casa… El emblema de la familia tiene mucho peso. Honor, verdad y amor. Sin embargo, no lo veo por ninguna parte en las campañas de marketing, ya sea en las del complejo hotelero o en las del vino.

Cuando la empleada los llamó a la mesa, Rina ya había expuesto todas sus ideas para la renovación de la imagen de la marca, y también de la familia. Algunas de las propuestas habían sido recibidas con una pizca de escepticismo y bastantes preguntas, pero en el fondo ella sabía que los había cautivado. Rey la observaba desde el otro lado de la habitación y trataba de ignorar el sentimiento de orgullo que crecía en su interior al verla hablar con tanta pasión y conocimiento, llamando la atención de todos los presentes. En la oficina podía fingir ignorancia, pero en aquel ambiente privado quien brillaba era la auténtica Sarina Woodville.

Todos estaban bajo su hechizo, y no sólo por su inteligencia, sino por el respeto y la consideración que mostraba para con todos los miembros de la familia. Sara no tenía el corazón de su hermana; un corazón que cada día lo intrigaba más y más.

Antes de que aquella idea floreciera, Rey cortó los pensamientos por lo sano. Las hermanas Woodville se traían algo entre manos y no podía perder la cabeza. Todos sus seres queridos habían caído bajo la influencia de una mujer que no era quien decía ser. Ni el abuelo ni Loren se separaban de ella e incluso Benedict y Alex se habían dejado seducir por su simpatía.

Pero Sarina Woodville los estaba engañando a todos y tenía que hacer algo para detenerla; tenía que hacerlo esa misma noche.

Capítulo Doce

Para el alivio de Rina, la conversación durante la cena derivó hacia temas más relajados y variados. Sin embargo, a medida que pasaba el tiempo se le hacía más y más difícil responder cada vez que la llamaban por el nombre de su hermana; sobre todo cuando era Rey. Lo que más deseaba en ese momento era que él la llamara por su propio nombre, pero sabía que eso era imposible.

A lo largo de la velada, Rina notó que Benedict se retraía cada vez más. Sin embargo, sus dos hermanos no le hicieron mucho caso hasta que el abuelo se retiró.

—¿Cómo estás, en serio? —le preguntó Reynard, yendo directo al grano.

Benedict miró a Loren y a Rina de reojo y entonces sacudió la cabeza con un mínimo gesto.

—Cansado, dolorido. Pero es lo normal.

—Lo que tienes que hacer es salir de aquí. Odio tener que decirlo, pero tener que fingir delante del abuelo te va a pasar factura, Benedict —Alex se recostó en la silla y giró la copa que tenía entre las manos.

Rina observó a los hermanos con curiosidad. Los tres tenían un gran parecido físico. Sin embargo, todos tenían una personalidad muy distinta. No se llevaban más de un año entre ellos, pero era evidente que Alex tenía muy asumido el papel de hermano mayor y cabeza de familia.

–¿Y adónde se supone que voy a ir? –dijo Benedict en un tono amargo.

Rey frunció el ceño. Claramente ése no era el Benedict de siempre.

–Tiene razón –dijo Rey–. Los periodistas no dejarán de seguirle. No puede esconderse en el complejo hotelero, ni en un país vecino. Además, tiene que seguir la rehabilitación y no podrá hacerlo bien si lo persiguen continuamente.

–¿Y qué tal Nueva Zelanda? –dijo Rina, sin habérselo pensado dos veces.

Todos los ojos se volvieron hacia ella.

–¿Nueva Zelanda? –dijo Alex, levantando una ceja, igual que su hermano–. ¿No crees que está un poquito lejos?

–¿Y no es eso lo que necesita precisamente? –Rina miró a Alex y después a Benedict.

Había esperado una reacción inmediata y directa. Sin embargo, el pequeño de los del Castillo tenía una expresión pensativa.

–Sara tiene razón –dijo Loren–. Nadie lo seguiría hasta allí. Podría ir en avión privado, así que todo sería más discreto e iría más cómodo.

–¿Y qué pasa con el entrenador personal que contrató? –preguntó Rey.

–Tenemos entrenadores personales en Nueva Zelanda, ¿sabes? –comentó Rina en un tono bromista–. Puede que esté en el otro lado del mundo, pero es un sitio civilizado.

–Puede venir conmigo, ¿no? –la voz de Benedict los sorprendió a todos.

–¿Lo dices en serio? –preguntó Alex, incrédulo–. Pero deberías estar aquí. Cerca de casa. ¿Y si…?

–Y si nada. Los médicos ya no pueden hacer nada más por mí. Además, puedo recuperarme en Nueva Zelanda igual que aquí, o mejor, porque así no tendré que preocuparme por todos vosotros.

–¿Y las bodegas? –preguntó Rey, mirando a Alex con un gesto de confusión.

Alex se limitó a encogerse de hombros.

–En las bodegas se las han arreglado sin mí todo este tiempo –dijo Benedict–. ¿Qué importa un mes más después de tanto tiempo? Además, no podría incorporarme todavía. Puedo trabajar desde Nueva Zelanda con un buen ordenador. A lo mejor ahora que las cosas empiezan a ir bien, puedo terminar la investigación que empecé hace cuatro años sobre nuevas variedades de uva.

–¿Entonces estás dispuesto a hacerlo? ¿No te importa estar tan lejos de todos nosotros? –preguntó Alex.

–Si eso significa tener una oportunidad de salir adelante, entonces sí.

Los tres hermanos se miraron de una forma que ni Rina ni Loren podían comprender.

–¿Tienes algún lugar en mente para Benedict? –preguntó Alex, dirigiéndose a Rina–. La privacidad es muy importante.

–En realidad, sí que hay un lugar donde podría trabajar tranquilo. Una amiga mía tiene un pequeño hotel de lujo a orillas del lago Wakatipu, que está a unos veinte minutos de Queenstown. El hotel está muy bien equipado. Tiene spa, hidroterapia, una piscina enorme, todo lo que necesites… Además, está muy apartado. Tiene un muelle privado y sólo se puede acceder por barco o helicóptero. Obviamente ahora estamos en invierno allí, y con el aluvión de turistas que visitan Queenstown, es una época muy ajetreada para Mia, pero puedo llamarla para ver si tiene alguna habitación libre.

–Conozco la zona. ¿Podrías llamarla ahora? –le preguntó Benedict, impaciente. Sus ojos color chocolate resplandecían.

Rina miró el reloj de pared.

–Puedo intentarlo. En Nueva Zelanda son doce horas más, así que deben de ser las diez y media. Seguro que puedo contactar con ella.

Loren se levantó de su silla.

–Ven conmigo, Sara. Te llevaré a mi estudio. Podrás llamarla desde allí.

–¿Cuándo quieres ir para allá? ¿Y por cuánto tiempo? –le preguntó Rina a Benedict, yendo hacia la puerta.

–Lo antes posible y durante un mes por lo menos.

Rina se sorprendió un poco al verlo tan decidido. Era evidente que quería marcharse de Isla Sagrado, ¿pero por qué con tanta prisa?

–Y… Sara…

Ella se volvió justo antes de salir.

–¿Qué?

–Quisiera reservar todo el hotel para mí, mi entrenador y posiblemente un par de personas más. Pagaré muy bien por ese privilegio.

–Muy bien. Veré qué puedo hacer.

Cuando regresó al salón estaba más que satisfecha y apenas podía ocultar su alegría.

–Ya está hecho –dijo, al entrar por la puerta–. Siempre y cuando estés de acuerdo con el precio, puedes irte la semana que viene. Me costó un poco convencerla porque tenía muchas reservas para esa época, pero al final accedió a transferir a los huéspedes a otros hoteles de la zona. Ahora bien, tendrás que compensarla muy bien por todos los clientes que va a perder y por la inconveniencia que tu llegada supondrá para los huéspedes que ya están alojados en el hotel.

–¿Y cuál es el precio?

–El mismo precio que supondría una ocupación completa del hotel, más un veinte por ciento.

–Que sea un treinta por ciento. Pagaré la mitad por adelantado.

Rina se quedó boquiabierta.

–¿Estás seguro?

–Más que nunca. Llámala ahora mismo.

–Todavía no me puedo creer que se haya decidido tan rápido –le dijo Rina a Rey de camino a la casa de campo.

–Tiene sus motivos –dijo Rey en un tono enigmático–. Te agradezco que le apoyes en estos momentos, que le hagas más fáciles las cosas.

–Y yo me alegro de ser útil –dijo ella, contemplando el paisaje nocturno a través de la ventanilla–. Las heridas que tiene… Se recuperará, ¿verdad?

Rey suspiró.

–Eso esperamos todos. Pero después del accidente no ha vuelto a ser el mismo. Creo que le llevará bastante tiempo. Sólo me duele que necesite estar tan lejos de nosotros para recuperarse.

Rina puso su mano sobre el muslo de Rey.

–Estará bien. Mia cuidará muy bien de él. El personal del hotel es muy discreto, así que no tendrá problemas en ese sentido.

–Eso espero. Mi hermano se ha llevado un golpe muy duro con el accidente, y no me refiero sólo a las heridas físicas. Sería terrible para él verse fotografiado en los medios, en ese estado. De esta forma, cuando regrese a Isla Sagrado, volverá a ser el mismo de siempre.

–¿Es así de orgulloso?

–Es un del Castillo –le dijo Rey, como si eso bastara para explicar su forma de ser.

Rina se rió suavemente y trató de apartar la mano, pero Rey puso la suya encima y entrelazó sus dedos con los de ella.

Cuando llegaron a la casa de campo, él la ayudó a bajar del vehículo y la acompañó hasta la puerta. Ésa sería otra de las cosas que echaría mucho de menos cuando tuviera que marcharse; esa caballerosidad del viejo mundo.

Sacó las llaves del bolso, pero Rey la sorprendió quitándoselas de las manos. Le abrió la puerta con cortesía y entonces la hizo entrar. Ella se quitó los zapatos y encendió una luz. La cálida luminosidad de la lámpara de mesa destacó algunas zonas de la casa, dejando otras en la penumbra. De repente oyeron un ruido proveniente de la habitación.

—Espera aquí —dijo Rey, yendo hacia el lugar desde donde provenía el sonido.

Rina esperó junto a la puerta, preguntándose si debía llamar a la policía. El corazón se le salía del pecho.

Si Rey no hubiera estado allí…

Una vez habían entrado en su apartamento de Christchurch y con sólo recordarlo se le ponía la piel de gallina. Isla Sagrado siempre le había parecido un lugar seguro. Los lugareños rara vez se aventuraban a alejarse tanto de la ciudad, y mucho menos de noche. Además, la vieja leyenda estaba muy viva en el folklore popular y nadie se acercaba tanto a la casa.

De repente otro pensamiento alarmante se cruzó por su mente. ¿Y si era Sara? ¿Y si había regresado antes de lo previsto? Una mano gélida agarró el corazón de Sarina.

—Te dejaste una ventana abierta en el dormitorio —dijo Rey, regresando junto a ella y disipando así sus temores—. Debió de colarse algún animal porque la lámpara de la mesita de noche se había caído al suelo. Seguramente sólo fue un gato de alguna granja cercana. He cerrado todas las ventanas y he encendido velas. Creo que lo de la lámpara no tiene arreglo.

—¿Un gato? Me he dado un buen susto. Qué bien que estabas aquí. No quiero ni imaginarme qué habría hecho si hubiera estado sola.

Incluso en ese momento, sabiendo que todo estaba bien, no era capaz de contener los temblores.

Rey la estrechó entre sus brazos.

—Estás temblando. ¿Te encuentras bien?

—Lo estaré muy pronto. Sólo dame unos minutos.

—A lo mejor necesitas algo de distracción, ¿mm?

Antes de que Rina pudiera responder, los labios de él estaban sobre los suyos, besándola con pasión. Un momento después le oyó cerrar la puerta con llave. Sin embargo, ella sólo podía pensar en el calor de sus labios y en la increíble potencia de su erección.

—¿Lo ves? —le susurró él contra los labios—. Ahora estás segura.

¿Segura? ¿En sus brazos? ¿Con el corazón latiendo a mil por hora? Debía apartarle de ella, arrojarle a la espesura de la noche lo antes posible. Sin embargo, en vez de hacerlo, deslizó ambas manos por dentro de su chaqueta hasta agarrarle de la cintura y entonces se apretó contra él.

Rey levantó las manos y la agarró de la barbilla.

—Dime que me vaya antes de que sea demasiado tarde.

Rina entreabrió los labios para decir lo que tenía que decir, pero las palabras no salieron de su boca. Su cabeza sabía que estaba mal, pero su cuerpo no la obedecía y, por primera vez en toda su vida, dejó de escuchar la voz de la razón y se dejó llevar por el corazón.

Con un gemido de deseo, Rey volvió a besarla y entonces le capturó el labio inferior con los dientes.

—Última oportunidad —le dijo.

Capítulo Trece

Y era su última oportunidad; la última oportunidad para entregarse a un mar de sensaciones, para hacer lo que realmente quería hacer. En respuesta a las caricias de Rey, lo agarró de la cabeza y lo hizo besarla, devolviéndole el beso con todo el amor no correspondido que tenía en su interior. Rey no perdió ni un momento más en conversación. La tomó en brazos y la llevó al dormitorio. Una vez allí, se quitó la chaqueta y los zapatos y entonces deslizó la punta del dedo sobre los labios de ella para después seguir a lo largo de su cuello y más allá. El corazón de Rina latía con fuerza y emoción. Los dedos de Rey la acariciaron brevemente en la base del cuello y entonces prosiguieron su camino hacia sus pechos. Al sentirlos allí, Rina notó que cada músculo de su cuerpo se tensaba. Una ardiente ola de deseo le nublaba la mente y se propagaba por su cuerpo como un torrente de lava.

–Este vestido te queda muy bien –le dijo él–. Pero sé que lo que esconde es mucho mejor.

Le bajó la cremallera de la espalda y le quitó la prenda con sumo cuidado, deleitándose con cada centímetro de piel que la tela revelaba en su caída.

Al descubrirle los pechos, los pezones se le endurecieron. Ella se quedó quieta y dejó que el traje cayera a sus pies en una cascada de seda.

Lo único que llevaba debajo eran unas diminutas braguitas de encaje rojo.

–Ah, sabía que tenía razón –dijo él, suspirando–. Eres realmente preciosa.

Le quitó los pendientes, las horquillas del pelo y le desenredó un poco el cabello, dejando que cayera libre sobre sus hombros.

Sintiéndose hermosa e increíblemente valiente, Rina se atrevió a desabrocharle los botones de la camisa. Cuando hubo terminado, se la quitó de los hombros y dejó a la vista aquel pectoral potente, bronceado y bien esculpido. La joven deslizó las yemas de los dedos sobre sus músculos. Al pasar por encima de sus pequeños pezones sintió como éstos se endurecían. ¿A qué sabría? ¿Cómo sabría su piel? Rina se relamió y entonces le oyó contener la respiración. Había fuego en sus ojos, pero en los suyos propios también. Sin dejar de mirarlo ni un momento, deslizó las manos sobre sus hombros, sus bíceps, sus brazos, y finalmente sus dedos. Sólo los separaban un par de centímetros, pero había una chispa entre ellos que estaba a punto de explosionar. Sin perder más tiempo Rina le desabrochó el cinturón y le bajó los pantalones. Su erección se apretaba contra el algodón negro de sus bóxers. Metió los dedos por dentro de la banda elástica y enseguida sintió como la piel se le ponía de gallina.

Con sumo cuidado, le bajó los calzoncillos, liberando así su potente miembro. Entonces le hizo tumbarse en la cama, le quitó el resto de la ropa y le hizo incorporarse un poco. En la penumbra de la habitación, su potencia masculina sobresalía de entre el fino vello que tenía entre sus ingles.

De repente, sintiendo una valentía desconocida, se puso sobre él.

–Te deseo como nunca antes he deseado a nadie –le dijo con sinceridad.

Rey sonrió y entonces deslizó las manos sobre sus muslos hasta agarrarla por las caderas, rozándose contra el centro de su feminidad.

–Entonces, tómame. Soy todo tuyo. Tengo un preservativo en el bolsillo del pantalón.

–¿Estabas esperando esto? –le preguntó ella, desconcertada.

–¿Esperarlo? No. Lo deseaba. Desde luego que sí. Después de todo, sólo soy un hombre con necesidades.

Rina le devolvió la sonrisa.

–Bueno, a ver qué puedo hacer yo. Pero, primero, me gustaría hacer un par de cosas.

Se inclinó sobre él, apoyó las manos a ambos lados y le rozó varias veces con los pechos. Después, se agachó un poco más y le lamió con la lengua, primero un pectoral y después el otro. Él estiró las manos y la agarró de la cabeza. Sentía cómo se contraían y se dilataban sus propios músculos bajo la boca de ella.

Centímetro a centímetro, Rina probó su piel

hasta llegar a su ombligo. Pequeños espasmos de placer lo recorrían allí donde su piel era más sensible. Cuando por fin llegó a su entrepierna, él levantó la cabeza.

–Te lo advierto, querida, no soy un hombre paciente.

Rina se rió.

–Entonces ya es hora de que aprendas.

Se inclinó sobre él y deslizó las yemas de los dedos sobre sus muslos hasta cerrar las manos alrededor de su potencia masculina. Con un cuidado exquisito comenzó a masajearle y unos segundos después puso la punta de la lengua sobre él.

Él gruñía y gemía. Sus puños asían la sabana con fervor.

Rina arrugó los labios y sopló sobre la punta de su miembro. Repitió la maniobra varias veces y entonces cerró la mano alrededor de la base para después deslizarla hasta la punta. Entonces lo introdujo en su boca y empezó a lamerle.

–Basta. Me estás matando –le dijo él, sin aliento.

–¿No te gusta? –le preguntó ella.

–Demasiado. Me gusta demasiado. Quiero que lo hagamos juntos en nuestra primera vez. Hasta el final.

De alguna manera Rey encontró la forma de apartarse de ella. Se incorporó, agarró las manos de Sarina y la hizo incorporarse también. Después deslizó las manos sobre su cuerpo y la hizo tumbarse sobre la cama. Sacó un preservativo del bolsillo de su pantalón, se lo puso y se tumbó sobre ella.

Ella abrió las piernas para permitirle acomodarse entre ellas y él tuvo que resistir la tentación de hacerla suya de inmediato, sin más rodeos ni juegos. Sin embargo, no quería tomarla así; quería hacerle el amor, darle el mayor placer del mundo. En ese momento no importaba quién fuera. El conflicto de emociones que lo había sacudido durante las últimas semanas se había fundido en un claro pensamiento. Ella era su mujer, por lo menos durante esa noche.

La contempló unos instantes y le apartó un mechón rebelde de la cara. Ella sonrió y se rozó contra su mano, buscando sus dedos y mordiéndole suavemente en la yema del índice.

−¿Y quién está impaciente ahora? −le dijo él, cubriendo uno de sus pezones con la boca y mordisqueándola. Ella suspiró y se estremeció debajo de él. Y entonces él deslizó una mano sobre su cuerpo y buscó su delicada entrepierna, palpando el fino vello que cubría su zona más íntima. Nada más tocarla sintió la ola de calor que provenía del centro de su feminidad y, al introducir los dedos un poco más, notó la humedad que demostraba su deseo.

Separando los finos pétalos de su sexo con sumo cuidado, empezó a masajearla y entonces la sintió estremecerse debajo de él. Un momento después, introdujo un dedo dentro de su sexo de miel y la sintió endurecerse contra él. Era demasiado, más de lo que podía soportar.

Retirando la mano, se colocó en la posición adecuada. Le levantó los brazos y, apoyando los codos a ambos lados de su hermoso rostro, se preparó para hacerla suya.

Ella levantó las caderas, abriendo los muslos y separando las rodillas.

—Reynard, por favor. No me hagas esperar más —le suplicó—. Por favor.

Su voz se quebró cuando él la penetró por fin, incapaz de aguantar más. Nada más sentirse dentro de su sexo húmedo, sintió una abrumadora ola de gozo que lo envolvía y se endurecía a su alrededor. Ella lo absorbía por completo, lo llevaba hasta lo más profundo de su ser.

Reynard se retiró un momento, deleitándose en el firme agarre del sexo femenino, y entonces volvió a entrar en ella, una y otra vez hasta que por fin la sintió estremecerse y gritar de placer, atrapándole con fuerza y arrancándole un orgasmo como nunca antes había conocido.

Las velas ya se habían apagado. Rina yacía en la oscuridad, y Rey dormía profundamente. Aquel encuentro había sido mucho más de lo que jamás había soñado. Él era un amante generoso y, después de aquel apoteósico clímax, habían vuelto a hacer el amor. La segunda vez había sido lenta y sutil. Se habían tomado su tiempo para explorar y conocerse mejor, pero el final había sido tan extraordinario como la primera vez.

Su corazón se expandía con el amor que sentía por él, y era maravilloso estar en sus brazos. Sin embargo, había cometido un error imperdonable esa noche. Había sido una decisión propia. Él no la había obligado ni tampoco la había seducido con malas artes. Pero, al tomar esa decisión, había traicionado a la persona que más quería en el mundo.

¿Cómo iba a enfrentarse a su hermana a partir de ese momento? ¿Cómo iba a fingir que no había ocurrido nada? ¿Cómo iba a volver a mirar a Rey a la cara sin revelarle su verdadera identidad?

No bastaba con decirse a sí misma que Sara no estaba realmente enamorada de Rey. Él le había pedido que se casara con él y ella había aceptado. Había sido elección suya aceptar a un hombre que no le exigía demasiado más allá de una relación meramente superficial. Muchos matrimonios estaban basados en esa clase de sentimiento; y ella misma había estado a punto de conformarse con algo monótono y predecible antes de que Jacob rompiera con ella.

No era lo más deseable, pero ambas habían tomado decisiones, habían escogido a hombres que les ofrecían la seguridad que nunca habían tenido en la infancia. Ella se había equivocado con Jacob, pero eso no le daba derecho a meterse en la relación de su hermana.

Rina se hizo un ovillo en un rincón de la cama. Tenía un nudo en el estómago y el pecho le dolía mucho con todas aquellas lágrimas que no había derramado. ¿Cómo iba a sentirse su hermana cuando le dijera la verdad? No podía ocultarle algo tan tremendo. Esa noche había tomado una decisión y tenía que asumir las consecuencias.

Sólo podía esperar que su hermana la perdonara.

Rey se movió de repente y entonces la rodeó con el brazo, atrayéndola hacia sí, rozándose contra su trasero desnudo. Nada más sentir el contacto de su miembro notó la reacción de él. Incluso en sueños, él la deseaba.

El perdón de su hermana sería casi imposible de conseguir, pero mucho peor sería la reacción de Reynard cuando le dijera que la mujer con la que había hecho el amor era una farsante. No podía seguir con aquella mentira; no podía esperar al regreso de Sara. No podía mirarlo a los ojos sin decirle lo mucho que lo amaba; lo mucho que Rina Woodville lo amaba.

Capítulo Catorce

La luz de la mañana se filtraba por las ventanas cuando Rina se despertó. Su cuerpo estaba saciado, pero su mente estaba llena de incógnitas. Se levantó de la cama y agarró un albornoz del respaldo de una silla. ¿Quién era en ese momento? ¿Sara? ¿Ella misma? Ya no lo sabía con certeza. Había cruzado tantas líneas que ya no sabía quién debía ser. Fue al cuarto de baño y después a la cocina para preparar un poco de café. Todavía era muy temprano, pero no podía permanecer al lado de Reynard ni un minuto más, con toda la culpa que sentía.

Junto a la puerta de entrada, sobre una mesa, vio su bolso de mano. Dentro estaba su teléfono móvil.

Fue a buscarlo. Ahora que había tomado una decisión, tenía que quitarse ese peso de encima. ¿Era demasiado pronto para llamar a su hermana?

Miró el reloj de pared de la cocina. Las seis de la mañana… Probablemente era demasiado temprano, pero tenía que contárselo antes de que aquel secreto acabara con ella.

Sacó el teléfono de su funda. Tenía tres llamadas perdidas. Había silenciado el teléfono la noche anterior antes de irse y había olvidado cambiar la configuración. Al mirar la lista de llamadas perdidas vio que dos eran de la noche anterior y que la última era de esa misma mañana. Todas eran de Sara.

La decisión estaba tomada.

A Rina se le cayó el corazón a los pies. Su hermana había intentando contactar con ella varias veces, lo cual significaba que debía de haber tomado una decisión. Sara nunca había sabido contenerse. Una llamada nunca hubiera sido suficiente para ella.

Con manos temblorosas, marcó el número del buzón de voz, pero entonces el teléfono empezó a vibrar de repente.

—¿Sara?

—Oh, gracias a Dios que te pillo esta vez. ¿Dónde has estado? Bueno, en realidad no importa. Sólo quería decirte que regreso hoy…

La voz de Sara se perdió entre las interferencias.

—¿Hoy? ¿A qué hora?

—…tan emocionada… He sido una estúpida, pero he tomado una decisión… hablar con Rey… casarnos… estoy deseando verte….

Rina sintió que se quedaba sin aire. Trató de encontrar palabras en su mente, pero era inútil. De pronto la conexión se perdió.

Las piernas ya no la sostenían, así que se dejó caer en el butacón más próximo. El teléfono se le cayó de las manos, deshaciéndose en unos cuantos pedazos.

Sara iba a regresar para casarse con Rey. Había tomado una decisión sin saber que su hermana, su hermana gemela, la había traicionado de la manera más horrible posible. Rina empezó a sentir que el mundo daba vueltas a su alrededor. No sólo se había acostado con el prometido de su hermana, sino que, además, iba a terminar perdiéndolos a los dos.

Era hora de aclararlo todo. Primero con Rey, y después con Sara. Lo que había hecho no tenía perdón, y sólo podía aferrarse a un hilo de esperanza. Quizá, algún día, su hermana llegara a perdonarla.

Rina se obligó a ponerse en pie y fue a la cocina. Buscó dos tazas y sirvió un poco de café. Era hora de enfrentarse a la realidad.

Rey estaba tumbado en la cama, de espaldas. La blanca sábana le cubría el trasero, insinuando lo que había debajo. De repente, Rina sintió una punzada culpable. No tenía derecho a mirarlo así. Dejó las tazas de café sobre la mesita de noche y estiró una mano para despertarle. En cuanto sus dedos entraron en contacto con el hombro de él, sintió un cosquilleo. Incluso en ese momento, sabiendo que estaba prohibido para ella, sabiendo que tenía que decirle la verdad de lo que había hecho, su cuerpo respondía de forma instintiva. Se inclinó sobre la cama y le empujó sutilmente.

—¿Rey? Despierta. Tengo que hablar contigo.

Él movió los ojos por debajo de los párpados y un momento después estaba despierto. Levantó la cabeza y rodó hasta ponerse de lado. En cuanto sus ojos se encontraron con los de ella, su mirada se llenó de deseo y lujuria; un deseo que ella reconocía y compartía, por mucho que quisiera evitarlo.

Rey estiró una mano y le acarició la cara, los labios…

—Buenos días —sonrió y la agarró de la nuca para darle un beso.

Al sentir la ternura de sus labios, Rina sintió el picor de las lágrimas en los ojos; tanto así que se vio obligada a cerrar los ojos. No podía llorar delante de él.

De alguna manera encontró la fuerza que necesitaba y se apartó de él. Se incorporó y se paró junto a la cama.

—¿Ya te has cansado de mí? —le preguntó él entre risas.

—No. No es eso —agarró una de las tazas y se la ofreció—. Ten. Tómatelo.

Rey se incorporó y aceptó la taza.

—Preferiría. Preferiría tomarte a ti, querida.

Después de saber lo que tenía que decirle, él ya no la querría más. Rina bebió un sorbo de café y enseguida deseó no haberlo hecho. El intenso brebaje se le atragantó, aumentando el nudo que tenía en la garganta.

—Sar… ¿Todo va bien?

Rina apenas podía mirarlo a los ojos. Dejó el café sobre la mesa y se sentó en el borde de la cama.

–Yo no… Yo no soy quien tú crees que soy.

Rey sintió una rabia creciente en su interior. ¿Eso era todo? ¿Por fin había conseguido lo que deseaba? ¿Por qué quería decirle la verdad en ese preciso momento? No había ninguna razón para ello. Había sido una locura darles lo que buscaban acostándose con ella.

«¿Acostarse?», se preguntó.

En realidad había sido mucho más que eso.

La culpa se clavó en su corazón. Había sido mucho más que sexo. Había hecho el amor con ella, la había venerado y amado como nunca antes había amado a nadie.

Resentido, ahuyentó esos pensamientos. Las hermanas Woodville tenían un plan y él había caído en la trampa.

–Sé quién eres –le dijo con contundencia.

Rina se quedó perpleja.

–¿Lo sabes?

–Eres Sarina Woodville. La hermana gemela de Sara Woodville, mi prometida.

–¿Cómo…? ¿Cuándo…? –Rina miró hacia la cama–. ¿Por qué?

–¿Cómo? Bueno, eres una réplica perfecta de tu hermana, pero hay algunas cosas que no puedes fingir y el carácter de tu hermana es una de ellas.

–Pero nunca me dijiste…

–¿Que nunca te dije nada? ¿Y por qué iba a hacerlo? No tenía tiempo de jugar a vuestros estúpidos juegos. En ese momento mi prioridad era mi hermano y mi abuelo. Y después empezaste a ayudarme en la oficina cuando más lo necesitaba. Supongo que por lo menos he recibido una recompensa por lo que tu hermana y tú me habéis costado.

–¿Y desde cuándo lo sabes?

–Me di cuenta de que no eras Sara cuando te besé. En ese momento me di cuenta de que no eras la mujer con la que me había comprometido.

–¿Cómo? –preguntó Rina, perpleja.

Rey no estaba dispuesto a contestar a esa pregunta. No podía decirle que besarla había sido una experiencia única que había cambiado su vida sin remedio.

No quería pensar en eso. No quería recordar lo mucho que había disfrutado cuando habían bailado juntos en el bar de tapas, o cuando habían trabajado juntos. Sobre todo no quería pensar en lo que ella le había hecho sentir la noche anterior.

–Eso no importa. Lo importante es que te pillé a tiempo antes de que pudieras sacar tajada de todo esto.

–¿Tajada? No entiendo nada. Sara simplemente me pidió que…

–¿Te pidió que me mintieras? ¿Que me engañaras? ¿Que expusieras a mí y a mi familia a un escándalo? –sonrió, aunque en realidad no tenía ganas de reírse–. Ya ves… La familia del Castillo no deja pasar ni una. Vosotras dos no sois las primeras que intentan vendernos a la prensa y a los medios, o peor. No sois las primeras que tratan de extorsionarnos. No somos tan tontos como para dejar que algo así ocurra, por muy agobiados que estemos.

—Pero eso no es cierto —dijo Rina, insistiendo. Tenía la cara pálida y las pupilas increíblemente dilatadas—. No tratamos de extorsionarte. No se trata de eso. Sara no quería preocuparte...

Él resopló.

—¿Preocuparme? No me preocupáis. Siento desprecio por vuestra avaricia y ardides. Sé que Sara necesita que el patrocinador renueve el contrato para seguir con las exhibiciones. Por lo menos fue lo bastante honesta como para decírmelo mientras estaba aquí. Pero, claramente, quería algo más que eso, y tú también. Dime algo... Cuando tu novio rompió contigo, ¿fue porque descubrió tus mentiras? ¿O es que decidiste romper el compromiso para buscar un pez más gordo?

—Las cosas no fueron así —gritó Rina, desesperada.

Rey pensó que era una actriz muy buena. No podía negarlo. Incluso en ese momento, deseaba estrecharla entre sus brazos y consolarla; borrar todo el dolor que había en su rostro.

Pero no podía hacerlo. Ella lo estaba manipulando de nuevo y no podía caer en su trampa.

—Rey, tienes que creerme. Jamás haría algo así. ¡Te quiero!

La rabia que llevaba tiempo acumulándose en su interior estalló en un arrebato de furia. No tenía suficiente con haberle seducido en cuerpo y alma, sino que también se permitía el lujo de jugar con su corazón.

Rey se levantó de la cama, envolviéndose con la sábana. La taza de café, intacta, se cayó al suelo, haciéndose añicos.

–¿Que me quieres? ¿Te atreves a decirme que me quieres?

–Es cierto. Sí que te quiero. No esperaba… No quería que ocurriera. Estás comprometido con mi hermana.

–Estaba.

–Pero nosotras… No hicimos… Por favor, por lo menos, escucha lo que tiene que decirte.

–Escucharé lo que tenga que decirme y después saldréis pitando de esta isla. Ya no sois bienvenidas aquí. Vuestro visado expirará esta misma tarde.

Rey dejó caer la sábana y se puso los pantalones. Hizo una bola con el resto de la ropa y se la metió debajo del brazo.

–Rey, por favor. No te vayas. Por favor, no te vayas así. Sé que debería habértelo dicho todo desde el principio, pero no fui capaz de encontrar el momento adecuado.

Estiró la mano izquierda y trató de detenerle, pero él siguió adelante. El anillo de diamantes que le había dado a Sara todavía brillaba en su dedo, capturando los rayos del sol de la mañana.

–Eso no es tuyo.

–Lo sé. Lo siento –dijo ella, agachando la cabeza. Se quitó la joya y se la puso en la palma de la mano.

Reynard aceptó el anillo y se lo guardó en el bolsillo. No quería volver a verlo en toda su vida.

–Lo arreglaré todo para que te vayas de la isla de inmediato. Uno de mis empleados se pondrá en contacto contigo muy pronto –dijo, yendo hacia la salida.

Al llegar junto a la puerta, se detuvo un instante.

–Oh, y gracias por esta noche. Al final ha merecido la pena.

Capítulo Quince

Rina no consiguió moverse de la cama hasta bien entrada la mañana. Se había hecho un ovillo y había sufrido en rechazo de Rey en silencio hasta quedar insensible. Como un robot, quitó las sábanas y la manta de la cama y las metió en la lavadora, que estaba en un rincón del cuarto de baño. Puso un poco de detergente y conectó la máquina. Después se dio una ducha y trató de borrar todo rastro de las caricias de Rey.

Un rato más tarde, de vuelta en el dormitorio, mientras buscaba algo que ponerse, recordó que ya no tenía que llevar la ropa de su hermana. Ya no era Sara Woodville, sino Sarina. Se agachó, sacó la maleta del fondo del armario, la puso sobre la cama y la abrió. Agarró lo primero que encontró; unos pescadores blancos y una camiseta verde. No era mucho consuelo, pero aun así era agradable poder volver a ponerse su propia ropa.

Desde su llegada, aparte de la ropa interior, apenas se había puesto sus propias prendas. Se volvió hacia el armario y palpó el vestido azul que se había puesto aquella noche en que casi habían hecho el amor. Debería habérselo dicho entonces.

Esa noche se había sentido tan hermosa, tan

deseada… De repente se dio cuenta de que en ese momento él ya debía de saber que no era Sara. Sin embargo, a pesar de eso, había cenado con ella y había puesto a prueba su resistencia una y otra vez. Pero todo tenía un límite; y el suyo había llegado la noche anterior. Él tenía planeado acostarse con ella desde el principio.

Una burbuja de rabia creció en su interior. ¿Qué clase de hombre se acostaba con una hermana estando comprometido con la otra? ¿Acaso era tan frío y despiadado?

Y Sara aún tenía intención de casarse con él.

Rina se hincó de rodillas sobre el frío suelo. Sara regresaba ese mismo día. ¿Cómo iba a decirle lo que había hecho?

Reynard andaba de un lado a otro en su casa; su mente estaba llena de rabia y confusión. Su comportamiento hacia Sarina estaba totalmente justificado.

«Más que justificado.», se dijo a sí mismo por enésima vez, subiendo a su deportivo y saliendo hacia la ciudad a toda velocidad. Sin embargo, por mucho que lo intentara, no podía ignorar la punzada de dolor en su corazón cada vez que pensaba en la mujer a la que le había hecho el amor la noche anterior.

Había sido muy duro con ella; cruel, incluso. Ninguna de las dos cosas era propia de él, pero teniendo en cuenta lo que había pasado con Estella, ¿qué iba a hacer si no al descubrir el engaño de las gemelas?

Al llegar a la oficina, se dejó caer en su butaca

de ejecutivo, apoyó la cabeza contra el respaldo y cerró los ojos. La imagen de Sarina estaba grabada con fuego en su memoria; la expresión de su rostro mientras le hacía el amor, la pasión con que lo había amado aquella primera vez, el dolor al ver cómo descargaba su rabia contra ella. Cada palabra estaba calculada para hacerle daño.

Siempre había sabido lo de las mentiras y, sin embargo, cuando ella las admitió por fin, no pudo evitar sentir aquella furia descontrolada. ¿Pero por qué? Desde el comienzo había sabido que pasar la noche con ella sería ponerles las cosas más fáciles. Debería haber visto venir aquella repentina confesión. ¿Por qué se había sorprendido tanto? ¿Acaso se había engañado lo bastante como para creer que la noche que habían pasado juntos había significado algo para ella? ¿Acaso había creído que ella se había involucrado en aquel plan mercenario, no para llevarse un botín, sino por deseo y placer?

El corazón de Rey comenzó a latir sin ton ni son.

Se obligó a abrir los ojos y agarró el teléfono. Fueran los que fueran los motivos, tenía que verla fuera de Isla Sagrado cuanto antes. No había lugar en su vida para las de su clase.

Antes de que pudiera levantar el auricular, el intercomunicador comenzó a vibrar.

–¿Señor del Castillo? La señorita Woodville está aquí.

Rey se quedó sin palabras un instante. ¿Cómo se atrevía a venir a su oficina después de haberle dicho que no quería volver a verla?

–¿Señor? ¿Le digo que tiene otros compromisos? –preguntó Vivienne.

Rey esbozó una media sonrisa al oír el juego de palabras, sin duda accidental.

–No. Hágala pasar.

En cuanto la puerta se abrió Reynard supo que era Sara Woodville quien cruzaba el umbral. Se puso en pie y fue a recibirla. Las dos mujeres eran idénticas, pero para él, Sara no se parecía en absoluto a la mujer que había llegado a amar.

Casi tropezó con la alfombra. ¿Amar? No podía ser. Aquel pensamiento era absurdo.

–Rey, tengo que decirte algo –dijo Sara, sin más rodeos.

–Esto va a ser interesante –masculló Rey.

–¿Disculpa?

–Sé todo lo que habéis hecho tu hermana y tú. Nuestro compromiso queda cancelado.

–¡Oh, gracias a Dios!

Aquella respuesta estaba muy lejos de ser lo que él había esperado. ¿Sentía alivio? ¿Qué clase de persona se alegraba de ver que el juego terminaba antes de conseguir el beneficio?

–No quería que Rina te dijera la verdad, pero es evidente que lo ha hecho. Rey, lo que hicimos estuvo mal. Lo que hice estuvo mal. Nunca debí aceptarte, no amando a otro hombre.

La cabeza de Rey dio varias vueltas.

–¿Amas a otro hombre?

–Sí. Lo conocí durante las pruebas de Maureillas. Nos enamoramos tan rápido que no quería creer que era real. No podía creer que era real, para serte sincera. Era demasiado para mí. Yo no estaba buscando nada serio. Ya lo sabes. Pero fue un flechazo. Yo me asusté tanto que me alejé de él. Le dije unas cosas horribles y le hice muchísimo daño antes del campeonato. Se suponía que él iba a venir a competir por Francia, pero se retiró del equipo y se quedó en Perpignan.

–¿Y por qué me cuentas todo esto? –le preguntó Rey, todavía confundido.

¿Acaso las hermanas tenían otros objetivos también?

–Porque te mereces la verdad. Y te mereces algo mucho mejor que yo. Cuando llegué aquí, cuando nos conocimos, pensé que eras el hombre perfecto para mí, sin compromisos, divertido, alguien que no buscaba algo para siempre. Y entonces me pediste que me casara contigo. Yo me sentí muy halagada, ¿y quién no? Pero acepté por motivos equivocados. No quería reconocer que me había enamorado de Paul, pero entonces empecé a sospechar que a lo mejor estaba embarazada.

–Dejaste de beber alcohol y café.

–Sí. Me sorprende que te hayas dado cuenta.

–Lo que noté es que tu hermana sí que los bebía. Fue una de las primeras cosas que me llamó la atención, aunque en ese momento estaba bastante distraído por el accidente de Benedict.

Sara se llevó las manos a la cara.

–No puedo creer que haya olvidado preguntarte por él. ¿Cómo está?

–Recuperándose en el castillo.

–Me alegro mucho. Nunca quise dejarte en la estacada en un momento tan difícil, pero no supe lo que le había pasado hasta que Rina me lo dijo. Y para entonces ya estaba en Francia. Nada más comprometernos empecé a tener mis dudas y supe que antes de hacer nada tenía que hablar con Paul. Las cosas entre nosotros no habían hecho nada más que empezar. No podía decirte que tenía que irme a Francia para hablar con un antiguo novio. ¿Cómo iba a decírtelo? Y entonces me llamó Rina. Me contó lo de su compromiso y yo decidí aprovecharlo. Ella necesitaba escapar, y yo también. Le pedí que viniera a visitarme, y saqué mi billete para Francia para el mismo día. Apenas tuvimos tiempo de saludarnos. Yo le di la carta y le pedí que se hiciera pasar por mí.

Reynard se dio cuenta de que se refería al sobre con el anillo; aquél que había visto en su casa y que le había hecho pensar que Sara tenía intención de dejarle. Era el sobre que había dado lugar a su primer beso, el que le había hecho darse cuenta de que la mujer a la que había besado no era Sara Woodville. La carta no estaba dirigida a él después de todo, sino a su hermana. En ella le había pedido que se hiciera pasar por ella.

–Sé que no fue justo, ni para ti ni para Rina, pero también sabía que ella no se negaría. Me fui directamente a Francia. Al principio, Paul no quería verme, pero al final pude hablar con él y arreglamos las cosas. Él todavía me ama y yo también a él.

–¿Y si te hubiera rechazado? ¿Acaso ibas a endosarme a su hijo? –le preguntó Rey, abrumado con tantas confesiones.

–Seré sincera contigo. Cuando me marché por primera vez, la idea se me pasó por la cabeza, pero al final supe que nunca podría haberte hecho algo así. Reynard, siento mucho haberte utilizado, y también siento haber utilizado a mi hermana. Debería haber sido sincera contigo desde el principio. Debería haberte explicado todo lo que ocurría, en vez de dejárselo todo a mi hermana.

–No puedo aceptar tu disculpa, Sara. Lo que hicisteis me hizo sentir manipulado, engañado.

–Lo entiendo. Mira… Todavía no he visto a Rina, y necesito contarle todo lo que ha ocurrido. ¿Puedo pedirte que no le digas nada hasta que la vea?

Reynard asintió con la cabeza.

–Rina se va de la isla hoy mismo. Te sugiero que te vayas con ella.

–Sólo he venido a aclarar la situación contigo, recoger mis cosas y buscar a Rina. Ya no tendrás que preocuparte por nosotras nunca más.

Cuando Sara se marchó, Rey creyó que la cabeza le iba a estallar. ¿Cómo había podido equivocarse tanto con Rina? ¿Lo de Estella lo había envenenado tanto como para no volver a creer en nadie? Ella había admitido que se había hecho pasar por su hermana; lo había admitido todo, incluso el amor que sentía por él. Y él la había llamado mentirosa y la había aplastado con su furia.

Sí. Ella lo había engañado, pero ¿no habría hecho él lo mismo por sus hermanos? Por supuesto que sí, si hubiera sido necesario. De hecho, su supuesto compromiso con Sara había sido una farsa tan grande como la que ellas habían puesto en práctica. Sólo lo había hecho para tranquilizar al abuelo y eso le ponía al mismo nivel que ellas.

La amaba. La verdad cayó sobre él con contundencia, obligándole a reconocerlo. Por mucho que luchara contra sus sentimientos, ella se había abierto camino hasta su corazón con su carácter dulce, su inteligencia sin igual y su pasión arrebatadora. Pero él la había echado de su vida.

Un terrible dolor le atenazó el pecho.

Agarró el teléfono móvil. De alguna forma tenía que reparar sus errores. De alguna forma tenía que lograr que se quedara.

–¿Hermanita, estás ahí? Rina estaba delante de la secadora, sacando la ropa limpia. Al oír la voz de su hermana se incorporó de inmediato. Lo soltó todo y salió corriendo hacia la puerta principal. La alegría de ver a su hermana había quedado eclipsada por el miedo a su reacción cuando le dijera lo que tenía que decirle.

Con los ojos llenos de lágrimas se abrazaron durante unos segundos. Era como si hubieran pasado varios meses en lugar de semanas desde aquel día en que se habían visto en el aeropuerto. Habían pasado tantas cosas...

–¡Tengo tantas cosas que decirte! –dijeron las

dos al mismo tiempo y entonces se rieron entre lágrimas.

—Tú primero —dijo Sara—. ¿Todo va bien?

Caminaron de la mano hasta la salita de la casa y se sentaron en el sofá. Rina tragó con dificultad; tenía un nudo de miedo en la garganta.

Sara tenía que entender por qué había hecho lo que había hecho. Tenía que hacerlo.

—He hecho algo horrible, Sara. Me he enamorado de él. Lo siento mucho. No quería hacerlo. No tenía intención de hacerlo. He luchado contra ello todo lo que he podido, pero…

—¿Te has enamorado de Rey? —le dijo Sara con asombro, interrumpiéndola—. ¿Cómo? ¿Por qué?

—No lo sé. Sólo pasó. Pero él averiguó quién era yo hace un par de semanas. Ha estado siguiéndome el juego desde entonces —se apartó de su hermana un momento y se armó de valor—. Me he acostado con él, Sara. Lo siento muchísimo. He roto todas las promesas que nos hemos hecho. Es que… —sacudió la cabeza y empezó a llorar de nuevo—. Él no me quiere. Me ha echado de la isla.

—Tranquila —dijo Sara, estrechándola entre sus brazos y acariciándole el cabello tal y como solía hacer cuando eran niñas—. De verdad, tranquila. Yo fui la primera que rompió todas nuestras promesas cuando te obligué a hacer esto. No estoy enamorada de Rey. Nunca lo he estado. Estaba equivocada al aceptar su propuesta de matrimonio. Nunca debería haberlo hecho. Y tampoco debería haberte pedido nunca que te hicieras pasar por mí para mantener viva una relación de la que no estaba segura. No fue justo para él, ni tampoco para ti. Debería haber sido sincera con él desde el principio. Tenías razón en todo, hermanita. Ojalá te hubiera dicho la verdad cuando llegaste. Si lo hubiera hecho te habría ahorrado todo este dolor.

Se sentaron de nuevo, abrazadas. Sara consoló a su hermana hasta que su llanto cesó.

—Está tan enfadado —dijo Rina cuando pudo hablar.

—Lo sé. Nunca lo he visto así.

—¿Lo has visto? —Rina se apartó de los brazos de su hermana—. ¿Cuándo?

—Antes de venir a verte. Le debía una explicación y también a ti. La verdad es que conocí a alguien hace unos meses, durante unas pruebas para un campeonato en Francia. Nos enamoramos y él quería casarse conmigo, pero yo no podía. Todo había sido tan rápido, tan intenso, ¿sabes? Y ya estábamos compitiendo el uno contra el otro en diversos torneos. En aquel momento me acordé mucho de nuestros padres, siempre compitiendo el uno contra el otro, alegrándose de la derrota del contrario... No quería eso para mí, así que cuando llegué aquí y conocí a Rey, pensé que podía intentarlo con él. Cuando él me pidió que nos prometiéramos, le dije que sí sin pensarlo dos veces. Pensé que cuando nos casáramos llevaríamos la misma vida sosegada. No había chispa, ni ese deseo desgarrador... No tenía esa ansiedad por ser mejor que él. Pero entonces me enteré de que estaba esperando un bebé de Paul, y supe que ya no podía huir más de la verdad. Amo a Paul y entonces me di cuenta de lo idiota que había sido con él. Evidentemente le había hecho tanto daño al dejarle así que me costó muchísimo lograr que volviera a confiar en mí. Pero me ha perdonado al final. Y quiere que me case con él.

—No puedo creer que no me dijeras nada de él —dijo Rina, tocando el vientre de su hermana—. Ni tampoco del bebé.

—Me resistía a creerlo. Ya sabes cómo crecimos tú y yo.

—Sí. Yo acepté la propuesta de matrimonio de Jacob por las mismas razones. Él era una opción segura. No quería correr el riesgo de… —gesticuló con las manos—. Sentirme así.

—Pobrecita. Pero no te preocupes. Recogeremos nuestras cosas y saldremos de aquí enseguida. Hay un vuelo para Perpignan esta misma tarde. Nos iremos, conocerás a Paul y todo irá bien. Te lo prometo.

Rina deseó poder compartir el optimismo de su hermana, pero era imposible. Aunque supiera que Sara había encontrado por fin la felicidad, y por mucho que se alegrara por ella, había un terrible dolor en su pecho que le oprimía el corazón. Jamás podría olvidar lo que había vivido en Isla Sagrado. El dolor viviría con ella para siempre.

Después de recoger sus pertenencias, hicieron la cama, vaciaron la nevera y llamaron a un taxi. Mientras esperaban hablaron del embarazo de Sara, que había sido bastante bueno hasta ese momento. Rina se alegró profundamente de la dicha de su hermana. Por lo menos tendría una nueva ilusión; un sobrino al que querer y consentir.

–¡Ya ha llegado el taxi! –exclamó Sara un rato después, mirando por la ventana.

Rápidamente sacaron las maletas y, justo antes de meterlas en el maletero, sintieron una violenta nube de polvo que subía por el camino.

Una nube de polvo que venía acompañada por el característico sonido de un potente motor...

–Habrá venido para asegurarse de que nos vamos –dijo Sara, poniéndose delante de su hermana al ver bajar a Rey del coche–. No tenías que haberte molestado en venir. Nos vamos de Isla Sagrado para siempre.

Rey se quitó las carísimas gafas de sol que llevaba puestas y dio otro paso adelante.

–Puede que tú te vayas, pero Sarina no.

–No tengo ningún motivo para quedarme aquí. De hecho, no me quedaría ni una noche más aunque me pagaras por ello –dijo Rina, abriendo la puerta del taxi–. Vamos, Sara. No queremos perder nuestro vuelo.

Las dos mujeres subieron al vehículo, pero antes de que el conductor cerrara el maletero, oyeron que Rey le decía algo en su idioma.

–¿Acaba de decirle que saque mi maleta? –le preguntó Rina a su hermana.

Sin esperar una respuesta, bajó del coche.

–¿Qué está haciendo? Ponga la maleta en el maletero.

–El señor me ha pedido que la saque –dijo el taxista, mirando a uno y a otro.

–Bueno, pues vuelva a ponerla dentro.

Dio un paso adelante para hacerlo ella misma, al mismo tiempo que Rey.

Sus dedos se enredaron con los de él sobre el asa de la maleta.

–Por favor, escúchame –le dijo él en un tono pausado, pero intenso.

Rina sintió que algo revoloteaba en su interior.

Incluso después de todo lo que le había dicho, su cuerpo reaccionaba como el primer día a sus caricias.

Rina apartó la mano bruscamente, cerró los ojos y tragó en seco. Tenía muchas palabras en la mente, pero ninguna se atrevía a salir.

–¿Rina? –dijo Sara, bajando del taxi.

–No pasa nada. Que diga lo que tenga que decir y después nos vamos –dijo Rina.

–Gracias –dijo Rey–. ¿Podemos entrar en la casa un momento?

–No –Rina sacudió la cabeza–. Sea lo que seá lo que tengas que decirme puedes hacerlo aquí, delante de mi hermana.

–Muy bien –Rey asintió y entonces miró al taxista con cara de pocos amigos.

El hombre subió al taxi de inmediato.

–Te he tratado muy mal.

–Sí. Lo has hecho.

–He venido a pedirte que me perdones.

–No sé si puedo hacer eso. Has jugado conmigo, con mis sentimientos por ti. Me has hecho daño –dijo Rina con la voz entrecortada.

Rey la miró con un gesto serio y grave.

–Lo sé. Estaba furioso, pero eso no es una excusa. Nunca debí tratarte así. Sabía que eras diferentes, desde del principio, pero me negué a escuchar a mi corazón. Cuando conocí a Sara me sentí muy atraído por ella, pero eso no fue nada comparado con lo que sentí cuando te conocí a ti. En cuanto te tuve en mis brazos, supe que eras tú. Tú eras lo que siempre había buscado y me diste calma cuando más la necesitaba. Encendiste un fuego dentro de mí que nunca antes se había encendido. Sin embargo, a pesar de eso, seguí adelante con mi plan sin pensar en el daño que podía hacerte, o en el daño que podía hacerme a mí mismo. No trato de disculparme con eso, pero tenía derecho a sospechar. Mi familia tuvo un problema bastante serio hace unos meses con una cazafortunas; una mujer a la que le di trabajo en mi empresa. Nos vimos amenazados por los planes y las intrigas de una aprovechada. Casi nos costó una fortuna deshacernos del problema, y entonces juré que nunca volvería a pasar. Cuando me di cuenta de que Sara y tú os habíais intercambiado, inmediatamente pensé que os traíais algo entre manos.

–Intenté decirte que las cosas no eran así –dijo Rina en un tono calmado.

–Lo sé, pero mi arrogancia me impidió ver la verdad. Lo que hice es imperdonable. Con Sara no jugué limpio porque era lo que me convenía en ese momento y después me atreví a reprocharte que tú tampoco lo hicieras. Una vez me preguntaste si había cumplido con las condiciones de la institutriz. Me preguntaste si me guiaba por los valores de mi familia. Bueno, me avergüenza tener que decir que no. Llevo mucho tiempo sin hacerlo, pero tengo intención de cambiar eso, si tú me dejas.

Se frotó los ojos con la mano y volvió a mirarla a los ojos.

Rina pudo ver el brillo húmedo que cubría su mirada. Sus ojos color miel se habían vuelto más verdes de repente.

—¿Si te dejo? Eso depende de ti.

Él asintió.

—Depende de mí, pero de vez en cuando conviene que me recuerden lo imbécil que puedo llegar a ser a veces. Necesito a alguien que me guíe, que me recuerde lo que es importante en la vida. No quiero volver a caer en la trampa en la que he pasado tantos años. Me dijiste que me amabas. ¿Me estabas diciendo la verdad?

Rina miró a su hermana y entonces asintió.

—Sí, te estaba diciendo la verdad.

De repente él se hincó de rodillas sobre el polvoriento camino y se sacó un anillo del bolsillo; un nuevo anillo, totalmente distinto del que una vez le había dado a Sara.

—No he entendido lo que es el amor hasta esta misma mañana, cuando eché de mi lado a lo más preciado que había en mi vida. ¿Me dejarás que pase el resto de mi vida intentando compensarte por todas las tonterías que he hecho y dicho? Te quiero, Sarina Woodville. ¿Te casarás conmigo?

Por segunda vez ese día, Sarina le oyó pronunciar su verdadero nombre. Sonaba tan dulce en aquellos labios... Su corazón, hecho añicos un momento antes, comenzó a latir con más y más fuerza. De repente todo se había llenado de esperanza, poderosa y apabullante.

Todo parecía un sueño; un sueño maravilloso.

Rina dio un paso adelante y se arrodilló junto a él. Lágrimas de felicidad corrían por sus mejillas.

–Sí, me casaré contigo. Te quiero, Reynard del Castillo y no lo olvides nunca.

–No lo haré –dijo él, secándole las lágrimas y sujetándole las mejillas con ambas manos–. Te quiero. A ti y sólo a ti. Te querré siempre y te lo recordaré cada día durante el resto de nuestras vidas.

Tomó su mano y le puso el anillo, que encajaba a la perfección. Después la ayudó a ponerse en pie y la colmó de besos.

De pronto oyeron suspirar a alguien. Era Sara.

–Rina... ¿Estás segura? –le preguntó a su hermana, entre lágrimas.

–Nunca he estado tan segura de algo en toda mi vida.

–Entonces os deseo lo mejor –Sara dio un paso adelante. Abrazó a su hermana con cariño y después a Rey–. Ya puedes hacerla feliz –le advirtió–. Trátala bien o te las verás conmigo.

Rey sonrió y miró a Rina.

–No te preocupes. Ella lo es todo para mí.

Abrazados, Rey y Rina se despidieron de Sara y la vieron marchar en el taxi. Después Rey agarró la maleta y juntos caminaron hacia la casa.

Cuando la puerta se cerró por fin detrás de ellos, una extraña joven vestida con un traje de otra época, pareció salir de entre las flores del jardín. Aquella misteriosa muchacha sonrió y entonces se esfumó como un fantasma.

En el Deseo titulado
Amor completo, de
Yvonne Lindsay,
podrás continuar la serie
BODA A CUALQUIER PRECIO

Deseo™

Propuesta de conveniencia

RED GARNIER

Bethany Lewis deseaba desesperada-
mente recuperar la custodia de su
hijo y buscó al único hombre que podía ayudarla, un hombre, Landon
Gage, que, como ella, también deseaba destruir a su exmarido. Landon tenía una cuenta pendiente y ella sabía
que estaría dispuesto a unir fuerzas.

El matrimonio parecía la manera perfecta para hacer la guerra al enemigo
común. Y, aunque Landon sabía que
su unión era sólo de palabra, estaba
impaciente por hacer el amor con su
«esposa». Pero cuando los dos consi-
guieran lo que querían, ¿seguirían que-
riendo más?

Harlequin
Deseo™

Propuesta de conveniencia
RED GARNIER

La unión hace la fuerza

Acepte 2 de nuestras mejores novelas de amor GRATIS

¡Y reciba un regalo sorpresa!

Oferta especial de tiempo limitado

Rellene el cupón y envíelo a

Harlequin Reader Service®
3010 Walden Ave.
P.O. Box 1867
Buffalo, N.Y. 14240-1867

¡Sí! Por favor, envíenme 2 novelas de amor de Harlequin (1 Bianca® y 1 Deseo®) gratis, más el regalo sorpresa. Luego remítanme 4 novelas nuevas todos los meses, las cuales recibiré mucho antes de que aparezcan en librerías, y factúrenme al bajo precio de $3,24 cada una, más $0,25 por envío e impuesto de ventas, si corresponde*. Este es el precio total, y es un ahorro de casi el 20% sobre el precio de portada. !Una oferta excelente! Entiendo que el hecho de aceptar estos libros y el regalo no me obliga en forma alguna a la compra de libros adicionales. Y también que puedo devolver cualquier envío y cancelar en cualquier momento. Aún si decido no comprar ningún otro libro de Harlequin, los 2 libros gratis y el regalo sorpresa son míos para siempre.

416 LBN DU7N

Nombre y apellido (Por favor, letra de molde)

Dirección Apartamento No.

Ciudad Estado Zona postal

Esta oferta se limita a un pedido por hogar y no está disponible para los subscriptores actuales de Deseo® y Bianca®.
*Los términos y precios quedan sujetos a cambios sin aviso previo.
Impuestos de ventas aplican en N.Y.

SPN-03 ©2003 Harlequin Enterprises Limited